DER BLINDE JÜNGLING

MAX ERBSTEIN

Der blinde Jüngling

Eine böhmische Weissagung
aus dem 14. Jahrhundert
im Spiegel
geschichtlicher Ereignisse

AUFSTIEG-VERLAG · LANDSHUT

Erschienen 1981 im Aufstieg-Verlag, München
7. Auflage der Neuausgabe 1999 (22.-24. Tsd.)

Aufstieg-Verlag, Landshut
ISBN 3-7612-0163-X

Vorwort zur Neuausgabe

Seit dem ersten Erscheinen dieser Schrift im Jahre 1950 (erweiterte und überarbeitete Auflagen ab 1953) sind gut dreißig Jahre vergangen. Daß ich heute den »blinden Jüngling«, der anhaltenden Nachfrage folgend, in einer neuen Ausgabe abermals auf den Weg schicken kann, erfüllt mich mit Genugtuung und Freude. Niemand hätte vor dreißig Jahren diesem Büchlein eine derart weite Verbreitung voraussagen können. Die Gründe dafür mögen wohl darin zu suchen sein, daß in unserer Zeit der inneren und äußeren Unsicherheit und der weltweiten beklemmenden Angst ein dringendes Bedürfnis besteht, die dunkel und drohend vor uns stehende Zukunft zu einem kleinen Teil vorauszusehen.

Diese neue Ausgabe ist von allem überflüssigen politischen Ballast befreit, der bei früheren Auflagen noch notwendig erschien. Wir versprechen uns davon eine leichtere Verständlichkeit auch für jene Leser, die die böhmische Geschichte der letzten Jahrzehnte und den Leidensweg ihrer Völker nicht unmittelbar miterlebt und miterlitten haben.

Die Zeit hat in unserem Jahrhundert einen Großteil der Voraussagen des blinden Jünglings auf erschreckende Weise bestätigt. Möge uns allen, heute und in der Zukunft, die vorausgesehene noch schrecklichere Katastrophe erspart bleiben.

Max Erbstein-Gunter

Herdecke, Frühjahr 1981

Einleitung

1.

Es ist ein uralter Wunsch der Menschen, die Zukunft zu sehen, auch wenn sie nicht abwendbar ist, ob sie sich nun gut oder schlecht für die Lebenden zeigt. Und so alt die Menschheit ist, so alt sind die Versuche, durch verschiedene Mittel den Blick auf nähere oder fernere Ereignisse zu erschließen. Immer aber hat es Menschen gegeben, welche diese Fähigkeit von Natur aus besaßen.

Propheten fehlten in keiner Kultur, auch bei keinem primitiven Volke; immer haben es berufene oder unberufene »Seher« versucht, dem Leben seine Gesetze abzulauschen, um einen glaubwürdigen Blick in die Zukunft werfen zu können.

Es ist aber bei tieferem Eindringen in diese Materie leicht festzustellen, daß mit zunehmender Kultur und Vergeistigung die Häufigkeit der Menschen, welche die Fähigkeit des Zweiten Gesichtes besitzen, abnimmt und die noch einzeln auftretenden Fälle weniger vergeistigten oder ganz ungebildeten Schichten entstammen.

Die griechische Kultur war so durchdrungen vom Kult des Weissagens, daß wir aufgeklärten Europäer des 20. Jahrhunderts nur mit Verwunderung davon hören. Es gab im griechischen Leben keine Handlung, keine Absicht für die nächste Zukunft, vor deren Ausführung nicht irgendeine Vorschau eingeholt wurde, sei es, daß Könige und Weise sich bei der Priesterin in Delphi Rat holten, sei es, daß Feldherrn sich den Ausgang der Schlacht aus dem Vogelflug deuten ließen, oder sei es, daß Kaufleute den Rat alter Menschen hörten, bevor sie ein Geschäft tätigten. Die Dichtung der Griechen ist voller Orakel und Weissagungen, welche gültig und eintreffend ihr ganzes Leben durchziehen.

Die meistbenützte Quelle von Prophezeiungen sind immer noch die Bücher des Alten Testamentes; sie sprechen in Wirklichkeit nur vom Schicksal des israelitischen Volkes und dem damaligen Mittelpunkt seiner Kultur, Jerusalem, und von der Heraufkunft Christi. Was fälschlicherweise als Weissagung angesehen wird, sind die Drohungen der Propheten über mögliche Strafen Gottes bei Gott ungefälligem Leben. Selbstverständlich kann man bei einer Fülle von Weissagungen, wie sie gerade das Alte Testament bringt, Symptome für jedes Zeitalter herauslesen; immer hat es Kriege, Hungersnöte und Seuchen gegeben, oft sind Elementarereignisse eingetreten, welche der Vernichtung von Sodom und Gomorrha ähnlich sahen. Das Alte Testament ist deshalb seit jeher eine Fundgrube von prophetischen Deutungen, ohne daß jemals etwas Konkretes erwiesen werden konnte. Diese Deutungskunst blieb immer das sorgsam gehütete Privileg verschiedener religiöser Sekten, die nur damit ihre Existenzberechtigung erhalten. Es ist viel wahres Martyrium unter ihnen und es ist schade um diese Kraft und Überzeugungstreue, weil sie dem tätigen Christentum verloren geht. (Siehe das Schicksal der Bibelforscher oder Zeugen Jehovas im Dritten Reich, in der UdSSR.)

Die Bücher des Neuen Testaments können kaum als Quelle von Voraussagungen genannt werden, sie waren von Grund aus nicht dazu bestimmt, sondern bleiben Zeugnisse der Apostel über Leben und Lehre Jesu. Die Absicht der Apostel war allein, die bislang mündlich überlieferte Lehre des Meisters über ihren Tod hinaus zu bewahren und zu verbreiten, nach seinem Auftrag: »... gehet hin und lehret alle Völker ...«

Auch die Offenbarung des Johannes kommt für uns nicht in Betracht; wer wollte es auch unternehmen, diese Visionen nach zweitausend Jahren und nach mehreren Übersetzungen zu enträtseln? Zur Lösung gelangt man nicht durch Analyse, sondern durch Glauben.

Eine beachtenswerte Quelle von Weissagungen über die Zukunft sind die Schriften des Nostradamus (Michel de Notredame, Arzt, 1503 bis 1566). Er hinterließ uns eine umfangreiche prophetische Dichtung, die etwa 1000 Vierzeiler umfaßt und deren Vorausschau bis in das Jahr 3797 reichen soll. Obwohl Nostradamus seine Voraussagen durch Berechnungen gefunden hat, gehört er mit in die Reihe der Seher; denn er war ein Seher, möglicherweise der größte, den es je gegeben hat. Seine astrologischen Berechnungen dienten nur zur Unterstützung seiner Intuitionen. Aber dieser Mann, der mehr als tausend Jahre voraussah, litt an einer Schwäche: er hatte Angst vor der Wahrheit, er scheute sich, seine Gesichte zu sagen oder zu schreiben. Er umschrieb die vorausgesehenen Ereignisse in mystischen Ausdrücken und verworrenen Sätzen, um nicht zuviel zu verraten. Später als er Verdacht schöpfte, man könnte noch zuviel aus seinen Schriften herauslesen, setzte er sie in vierzeilige Strophen, Quatrains, und zählte sie nach je hundert als Centuries ab. Seine Hemmungen trieben ihn so weit, daß er die chronologische Folge der Gesichte zerstörte, die Quatrains willkürlich durcheinander mischte, sie noch mit Wörtern aus verschiedenen Sprachen verdunkelte, so daß es heute schon eine Wissenschaft für sich ist, einen dieser Vierzeiler zu enträtseln und seine Zeit zu bestimmen.

Um Nostradamus ist eine große Literatur entstanden; die gelehrtesten Männer seiner Zeit und der nachfolgenden Jahrhunderte haben sich mit der Deutung seiner Quatrains befaßt. Und wo es gelang, den Sinn eines Vierzeilers aus dem Wust von Umschreibungen herauszuschälen, dort leuchtete das tatsächliche Geschehen verblüffend einfach auf. Und Nostradamus war der einzige Seher, welcher hervorragend handelnde Personen der Geschichte über mehrere Jahre voraus mit Namen benannte, oder zumindest eine ins Auge fallende Merkwürdigkeit deutlich beschrieb. So z. B. heißt es im 55. Vierzeiler des 3. Hundert, daß *»in dem Jahre, in welchem ein Einäugiger in Frankreich herrschen wird . . .«* Gemeint ist (nach Kemmrich) Heinrich II., der bei einem Zweikampf ein Auge verloren hatte. Es ist der einzige König Frankreichs, welcher so deutlich gekennzeichnet ist. Oder *»Le Roy-Roy«*, also der doppelte König; gemeint ist Heinrich III., der, bevor er König von Frankreich wurde, bereits König von Polen war; oder *»der Neffe des Großen . . .«*, gemeint ist Napoleon III., der ein Neffe Napoleons des I. war und dessen Niederlage bei Sedan im 92. Quatrain deutlich vorausgesagt war. Noch deutlicher kennzeichnete Nostradamus Kaiser Napoleon I. in mehreren Quatrains: er nennt ihn bereits *»Empereur«*, ein Prädikat, welches nur dieser Kaiser in einem solchen Maße in Anspruch nahm und verdiente, daß man beim Auftauchen des Titels unweigerlich an ihn denken muß. In einem anderen Vierzeiler (13. des 7. Hundert) nennt er *»den Mann mit den kurzen Haaren«*, in dem man sofort Napoleon I. erkennt: seine Vorgänger auf dem französischen Thron trugen lange Haare. Im 88. Quatrain des 1. Hundert nennt er ihn abermals *»kurzhaarigen Kopf«*.

Man beachte: im 13. Quatrain des 7. Hundert beschreibt er den Anfang der Laufbahn Napoleons bei Toulon, im 88. Quatrain des 1. Hundert das Ende des Korsen; so hat der Seher seine Verse durcheinander gebracht, um die Wahrheit zu verdunkeln.

Das Wunderbarste jedoch, was er vollbracht hat, war, wie schon erwähnt, daß er Namen von handelnden Personen nannte. Ich wiederhole nochmals: Nostradamus ist 1566 gestorben. Von dieser Jahreszahl ab wollen wir rechnen.

»Der zweifache König (Le Roy-Roy) stirbt durch einen Süßen . . .« Das sonderbare Synonym für einen Mörder verliert sofort seine Merkwürdigkeit, wenn wir hören, daß der Mörder »Clément« hieß, was ungefähr dasselbe bedeutet. Und die Tat geschah 25 Jahre nach dem Tode des Sehers!

Im 18. Quatrain des 9. Hundert heißt es dem Sinne nach: *»Der große Montmorency wird außerhalb des dazu bestimmten Ortes dem ›clere peyne‹* (einer berühmten Strafe) *ausgeliefert werden . . .«* Der letzte Sproß des Geschlechtes Montmorency wurde nicht am Stadtplatz, wo sonst alle Hinrichtungen durch den Henker erfolgten, hingerichtet, sondern im Hofe des Rathauses; der Soldat, der ihm den Kopf abschlug, hieß: *Clerepeyne.* 79 Jahre vor dem Ereignisse war also der Name des Soldaten schon eindeutig vorausgesagt.

Im 34. Quatrain des 9. Hundert heißt es (nach Le Pelletier): *». . . ein Angriff wird geschehen auf die Tuille durch 500: ein*

Verräter wird sein N a r b o n mit hohem Titel und S a u l c e unter seinen Vorfahren Hüter des Öls.«

Dieser Satz weist eindeutig auf Ludwig XVI. und Marie Antoinette. Der Angriff auf die Tuilerien durch die sogenannten Fünfhundert féderés marseilais, des Pöbels von Paris, und die Gefangennahme des Königspaares ist aus der Geschichte bekannt. Graf Louis Narbonne-Lara, der Kriegsminister Ludwig XVI., galt als der erste Verräter, Saulce hieß der Krämer, der das Königspaar auf der Flucht erkannte und festhielt. Die Tuilerien existierten zur Zeit Nostradamus' noch nicht, dort standen früher Ziegeleien, von denen auch der spätere Name Tuilerien stammt.

Ich rekapituliere: 225 Jahre nach Nostradamus' Tode ist alles eingetroffen, und zwar mit vier richtigen Namen vorausgesagt! Sogar die Zahl der Aufständischen, 500, die ja auch unter dieser Bezeichnung in die Geschichte eingegangen sind, hatte der Seher vorausgenannt.

Diese wenigen Beispiele sollen genügen, um zu beweisen, daß wir es hier tatsächlich mit dem größten Seher der Menschheit zu tun haben. Dem interessierten Leser steht in allen Bibliotheken eine umfangreiche Zahl erklärender Werke zur Verfügung. Es ist nicht Aufgabe dieser Schrift, das Thema Nostradamus erschöpfend zu behandeln.

Daß ich mich aber mit ihm so ausführlich beschäftige, ist notwendig, um im voraus die Möglichkeiten und Grenzen geschichtlicher Voraussagen abzustecken.

Auch Paracelsus (Theophrastus Bombastus von Hohenheim, Arzt, von 1493 bis 1541) hat prophetische Andeutungen in seinen Schriften hinterlassen, denen eine gewisse Wahrscheinlichkeit nicht abgesprochen werden kann.

Das Weltgeschehen aber, das sich auf unser Jahrhundert zusammendrängt, ist in allen Quellen nicht präzise gedeutet. Und doch ist es das wichtigste Jahrhundert der europäischen Kultur, in ihm drängen sich eine so gewaltige Fülle von weltumspannenden und weltumstürzenden Ereignissen, daß wir nicht im Zweifel sein dürfen, nun doch an einer Weltwende zu stehen —, sei es der lange gefürchtete und immer wieder vorausgesagte Untergang allen Lebens auf unserem Planeten oder die endliche Überwindung aller Irrungen der Geschichte durch die Vernunft.

2.

Damit kommen wir auf ein Gebiet, das von den Fachleuten immer schon mit scheelen Augen angesehen wurde, nämlich auf die existierenden Prophetien, welche die Ereignisse des 20. Jahrhunderts präzise und verläßlich voraussagen. Sie stammen nicht von Gelehrten oder Heiligen, sondern von primitiven Menschen, von denen einige weder des Schreibens noch des Lesens kundig waren. Es ist, als ob mit zunehmender Vergeistigung dem Menschen auch bestimmte Fähigkeiten des Unterbewußtseins verloren gingen, als ob damit eine Art Verderbnis des Intellekts Hand in Hand ginge, denn was sich hier als Prophet demonstriert, ist der einfache Mensch, mit unverdorbenem Intellekt, mit engem Gesichtskreis und niederer Abkunft.*) Jeder hat die Ereignisse des 20. Jahrhunderts jahrhunderte voraus genau beschrieben. Sie mögen gerade deshalb, weil ihre Gesichte ihren Mitgenossen unglaubwürdig, ja undeutbar erschienen, wenig beachtet, ja von der Wissenschaft als Humbug und Phantasterei verdammt worden sein. Das hinderte sie nicht, fast unverändert und gültig durch die Jahrhunderte von Hand zu Hand, von Ohr zu Ohr zu gehen, bis ihre Zeit da war, die Zeit der Erfüllungen, und sich die Einsichtigen endlich errafften, um sie der Allgemeinheit zugänglich zu machen. Die Fülle dieser Volkspropheten erlaubt es uns, durch erschöpfende Vergleiche zu erweisen, daß ihre Gesichte auf das 20. Jahrhundert bezogen wurden, und die erste Hälfte des Jahrhunderts hat es bewiesen, daß sie mit einer Präzision in Erfüllung gingen, die uns im Hinblick auf die noch offenen Teile der Weissagungen mit Sorgen erfüllen müssen. Es ist höchst auffällig, daß diese Seher ihre

*) Auch die Pythien von Delphi waren, nach Berichten des römischen Geschichtsschreibers Plutarch, schlichte und unwissende Frauen.

Visionen auf das 20. Jahrhundert konzentrierten, so daß der Uneingeweihte wohl in Versuchung kommen könnte, eine nachträgliche Formgebung anzunehmen, ständen nicht die Jahreszahlen fest, in denen sie entstanden sind, oder die, in denen sie schon bekannt waren.

Als eine der wichtigsten Weissagungen dieser Art gelten die Aussagen eines böhmischen Hirten, die seit nahezu 600 Jahren im böhmisch-mährischen Raume kreisen. Die Sätze, mit denen lange niemand etwas Rechtes anzufangen wußte, gewannen plötzlich im Jahre 1914 Gestalt, denn die Umstände, die in jenem schicksalsvollen Jahre zum Ausbruch des Ersten Weltkrieges führten, hatte dieser Seher mit einer Genauigkeit vorausgesagt, die jeden Einsichtigen sofort fesseln mußte.

Über Herkunft und Person des Sehers ist trotz emsiger Suche kein zusammenhängendes Ergebnis zu verzeichnen. Aus zwei Druckschriften — aus dem Jahre 1660 und 1700, beide ohne jede nähere Angaben über Verfasser — war zu entnehmen, daß es sich laut ersterer um einen blindgeborenen Knaben böhmischer Schafhirten gehandelt hätte; die zweite Druckschrift aber berichtet, daß es ein später erblindeter Hirte gewesen sein soll. Sein Leben ist zwischen die Jahre 1320 und 1356 zu legen, über Geburtsjahr oder sein weiteres Schicksal konnte nichts ermittelt werden.

1922 versuchte ein deutscher Pfarrer, Emanuel Jungmann, die Weissagungen des »Blinden Jünglings« zu veröffentlichen, und zwar hauptsächlich, um die in der damaligen ČSR wohnenden Deutschen zu informieren. Das Büchlein wurde in Lingen (Ems) gedruckt und sollte von hier aus, außer auf dem deutschen Büchermarkt, wie erwähnt, auch für die Deutschen in Böhmen seine aufklärende Rolle spielen. Doch stieß das Werk bereits bei der ersten Einfuhr auf die Kritik der damals noch existierenden tschechischen Zensur und wurde zurückgewiesen. Die 5000 Stück der ersten Auflage konnten in Deutschland abgesetzt werden, die zweite Auflage erschien 1924 mit dem Vermerk: »Die in der Tschechoslowakei konfiszierten Stellen wurden in dieser Auflage weggelassen.« Von der ersten Auflage konnte leider kein Exemplar mehr gefunden werden. Die zweite aber ist durch diesen obigen Hinweis bereits gekennzeichnet: es steht in ihr nur, was den Tschechen angenehm war.

Pfarrer Jungmann machte, da er durch Studium tschechischer Werke in tschechischen Bibliotheken mehr Möglichkeiten hatte, bis dahin unbekannte Aufschlüsse über den Ursprung der Aufzeichnungen: Danach soll sie erstmalig ein Josef *Kochan* aus Roschmital im Jahre 1491 von einem Johann *Melichar* aus Horschov abgeschrieben haben. 1559 sollen die Weissagungen zum erstenmal tschechisch im Druck erschienen sein. 1602 konnte noch ein Exemplar in der Hofbibliothek in Wien registriert werden. 1678 wurde durch die Kirche die Weiterverbreitung der Weissagungen verboten und viele der Schriften öffentlich verbrannt.

Zur Person des blinden Jünglings fand Jungmann, daß es sich um einen blindgeborenen Bauernsohn aus dem Dorfe Kouto bei Taus handeln sollte. Sogar seinen Namen wollte man festgestellt haben, *Tartar,* tschechisch Tataršin. Man muß solchen Angaben mit Vorbehalt entgegentreten, denn die meisten Abschreiber und Übersetzer haben vieles eigenmächtig hinzugesetzt, um sich den Anschein bester Information zu geben. Im Grunde sind solche Feststellungen sekundärer Art, sie erklären nichts im Bezug auf die Weissagungen.

Die Version, daß es sich um einen später erblindeten Hirten gehandelt hat, gewinnt bei Betrachtung der Sätze viel an Wahrscheinlichkeit, denn seine Angaben von *»reifen Äpfeln, von blühenden Kirschen, von blauen Steinen, von der Eiche«* oder dem Begriff *»Glanz«* können nur vom Sehen her erklärt werden. Alle weiteren Angaben sind in allen Druckschriften und Handschriften fast gleichlautend und übereinstimmend. Danach soll der »Jüngling« schon frühzeitig von Visionen gesprochen haben, die nach einer Zeit eingetroffen wären. Einmal soll er für das Jahr 1347 ein großes Sterben vorausgesagt haben; die in den darauffolgenden Jahren wütende Pest in Böhmen könnte eine Deutung ergeben. Dem damaligen Herrscher Böhmens (Wenzel, Sohn des Luxemburgers Johann, später König Karl IV., zuletzt Kaiser Karl IV.) soll er die Krönung zum deutschen Kaiser durch den Papst vorausgesagt haben, unter Umständen, die den Kaiser *»in Rom keinen Schlaf finden läßt«*. In einem Punkte irrte da wohl der Jüngling, denn Karl wurde nicht durch den damaligen Papst Innozenz VI. gekrönt, sondern durch einen päpstlichen Legaten im Auftrage des Papstes. Aber daß Karl noch in derselben Nacht mit seinen dreihundert Reitern Rom wieder verlassen mußte, ist geschichtlich erwiesen.

Ob es nun dieses Ereignis war, das den Kaiser bewog, den Seher vor sich zu bringen, oder ob der Seher sich Gehör vom Kaiser erzwang, wir wissen es nicht. Tatsächlich — so überliefern die Druckschriften — brachte man den blinden Hirten im Jahre 1356 vor den Kaiser, dem er dann im »Traumzustand« (Trance) die wenigen, aber inhaltsschweren Sätze verkündete. Kurz darauf, vielleicht unter dem Einfluß seiner Ratgeber, hat der Kaiser die Verbreitung der Weissagung verboten. Inzwischen waren sie trotzdem, oder vielleicht gerade wegen des Verbotes, verbreitet worden, und sie haben den Kaiser und alle ihm nachfolgenden Herrscher überdauert bis auf den heutigen Tag und sind in unserer Zeit lebendiger denn je.

In den Biographien Kaiser Karls IV. — z. B. in der Lebensgeschichte Karls IV. von Pelzl aus dem Jahre 1780 oder in Friedjungs Schrift »Kaiser Karl IV. und sein Anteil am geistigen Leben seiner Zeit« aus dem Jahre 1896 oder der Geschichte Karls IV. von Werunsky (1880) ist von einer Begegnung des Kaisers mit einer weissagenden Person nichts erwähnt. Wohl aber sagen alle Biographen aus, daß der Kaiser für solche Dinge sehr empfänglich gewesen sei.

Dies bestätigt uns der Kaiser in seiner Selbstbiographie an zwei Beispielen, an einem Traum, der auffallend eingetroffen ist, und einem nächtlichen Erlebnis, das er mit einem Waffengefährten hatte, also mit einem verbürgten Zeugen.

Ich zitiere aus dem Zusammenhang das Wesentliche:

». . . In der Nacht, als uns) der Schlaf übermannte, erschien*

*) Der Kaiser spricht, den Sprachgepflogenheiten seiner Zeit und seines Standes gemäß, von sich immer in der Mehrzahl: wir, uns.

uns ein Traumgesicht. Ein Engel des Herrn trat an die linke Seite unserer Lagerstatt, stieß uns in die Seite und sprach: Steh auf und folge uns. Wir antworteten im Geist: Herr, ich weiß nicht wohin und wie ich mit Dir gehen soll. Da ergriff er uns aber beim Haupthaar und trug uns durch die Luft, bis wir uns über einem großen Ritterheer in Waffen befanden, das kampfbereit vor einer Burg aufmarschiert war. Er hielt uns über dem Heer in Lüften und sprach zu uns: Merke auf und schau! Und plötzlich stieg ein anderer Engel vom Himmel mit einem Flammenschwert in Händen, durchhieb einen Mann mitten in der Schlachtordnung . . . Schwer getroffen rang der Reiter mit dem Tod. Da sprach der Engel . . .: Erkennst du den, den der Engel mit tödlichem Streich verwundet hat? . . . Wisse, dies ist der Dauphin von Vienne . . . Uns ergriff Mitleid mit Guigo, dem Dauphin von Vienne, dessen Großmutter die Schwester unserer Großmutter, und der selbst der Sohn der Schwester König Karls I. von Ungarn war. Niedergeschlagen fragten wir den Engel, ob er vor dem Tod noch beichten könne. Der Engel gab zur Antwort: Er wird beichten und noch einige Tage leben . . .«

»Plötzlich waren wir wieder an unseren alten Ort versetzt, während schon der Morgen graute. Da trat der Kammerherr unseres Vaters herein, und weckte uns mit den Worten: Herr, warum steht ihr nicht auf? Schon sitzt Euer Vater bereit zu Pferd. Unser Vater will mit einem Heer dem Dauphin zur Hilfe ziehen, der mit dem Grafen von Savoyen im Kampf liegt . . . Unsere Hilfe nützt nichts, da er tot ist. Er lachte uns damals aus. Doch als wir nach Parma kamen, erzählte er unserem Vater alles . . . Der Vater schalt uns und sagte: Schenk Träumen keinen Glauben. . . . Einige Tage darauf kam ein Bote mit der Meldung, der Dauphin sei mit Heeresmacht vor eine Burg des Grafen von Savoyen gerückt und dort inmitten seiner Ritterschaft von einem Armbrustschützen mit einem großen Pfeil getroffen worden . . . Bald danach sei er nach abgelegter Beichte verschieden . . .«

Zeigt dieser Traum schon, wie empfänglich der Kaiser für übersinnliche Dinge war, so beweist das zweite Erlebnis, daß er auch im Wachsein dieser Neigung nachgab. Ich zitiere wieder aus dem Zusammenhang das Wesentliche:

»Zu jener Zeit ritten wir eines Tages von Bürglitz nach Prag auf der Fahrt zu unserem Vater, der in Mähren weilte. Es war schon spät, als wir auf der Prager Burg ankamen . . . Wir gingen nächtlicherweile zu Bett und Buczko von Wilhartitz der Ältere legte sich in ein anderes vor uns. In der Stube brannte ein großes Feuer, denn es war Winter, und viele Kerzen leuchteten, so daß der Raum völlig erhellt war. Türen und Fenster waren sämtlich geschlossen. Kaum waren wir eingeschlafen, als etwas durch den Raum ging, so daß wir beide erwachten. Wir hießen Buczko aufstehen, um nachzusehen, was es sei. Er stand auf und ging suchend rings durch die Stube, sah nichts und konnte nichts entdecken. Nun ließ er das Feuer höher aufbrennen und entzündete mehr Kerzen. Dann ging er zu den Bechern, die mit Wein gefüllt auf den Bänken standen, trank und stellte den Becher neben eine große brennende Kerze. Nach dem Trunk legte er sich wieder zu Bett. Wir aber saßen, unseren Mantel umgeschlagen und hörten jemand umhergehen, vermochten aber niemand zu erblicken. Während wir mit Buczko auf die Becher und Kerzen achteten, sahen wir, wie jener Becher umfiel. Der gleiche Becher wurde von unsichtbarer Hand über Buczkos Bett hinweg von einer Ecke der Stube zur anderen gegen die Wand geschleudert. Er prallte von der Wand ab und fiel mitten ins Zimmer. Als wir dies sahen, erschraken wir nicht wenig; und immerfort hörten wir jemand in der Kammer umhergehen, erblickten aber niemand. Nachdem wir uns dann in Christi Namen bekreuzigt hatten, schliefen wir bis zum Morgen. Als wir in der Frühe aufstanden, fanden wir den Becher mitten im Zimmer liegen, wo er hingefallen war. Wir zeigten dies unseren Dienern . . .«

Über den Umfang der vom blinden Jüngling vor dem Kaiser gemachten Aussagen ist nichts zu ermitteln, wie ja überhaupt die heute bekannten Aufzeichnungen erst im 17. Jahrhundert beginnen. Was in den Weissagungen durch lässige oder übereifrige Abschreiber verändert, weggelassen oder zugesetzt wurde, kann nicht festgestellt werden. Aber das, was durch Vergleich aller erreichbaren Abschriften gleichlautend zu erkennen ist, gibt ein klares und erschütterndes Bild der Ereignisse des 20. Jahrhunderts, das wohl wert ist, erhalten und weiter überliefert zu werden.

Nach der Begegnung mit dem Kaiser im Jahre 1356 ist jede Nachricht von dem blinden Seher versiegt.

Jungmann berichtet, daß der blinde Jüngling als persönlicher Berater des Kaisers bis zu seinem 49. Lebensjahr auf der Prager Burg gelebt haben soll. Keine der mir zugänglichen Schriften über den Seher bestätigt eine solche Behauptung.

Die einmal niedergeschriebenen Weissagungen fanden ihren Weg über Hunderte und aber Hunderte Abschreiber in die Masse des einfachen Volkes, in dem sie immer wieder, wenn politische oder elementare Ereignisse die Menschheit beunruhigten, hervorgeholt wurden, um sie auf die jeweiligen Anzeichen hin zu prüfen.

Seit 1914 trifft mit geradezu grauenerregender Genauigkeit alles ein, was der blinde Hirte in seinen wenigen Sätzen gemeißelt hat; jedes Wort, jeder Satz umreißt Ereignisse über Jahre und Jahrzehnte hinweg, gewaltige Kriege, wie sie die Menschen früherer Epochen nie gekannt haben, furchtbare Heimsuchungen durch Fanatismus und politische Unduldsamkeit werden in wenigen Worten hingestellt, und mit kurzen lapidaren Sätzen beschreibt der Seher das Schicksal seines eigenen Volkes im Verlaufe einer gewaltigen Weltwende. Selbst das Gespenst der Atombombe, dieses grauenhafteste Erzeugnis menschlichen Geistes, tritt blitzhaft in den Ereignissen auf.

Jungmanns Schrift, die vielleicht Zusätzliches zu den von uns festgehaltenen Sätzen des Sehers zu sagen gehabt hätte, ist in der zweiten Auflage durch mittelalterliche Geschichten um den blinden Jüngling verwässert und somit als Quelle der Überlieferung wertlos geworden. Wer die Intoleranz der tschechischen Behörden nach 1918 kannte, der kann sich leicht ausmalen, was vom eigentlichen Kern der Weissagungen in den Augen der Zensoren Gnade gefunden haben wird.

3.

Während in den böhmischen Ländern seit 600 Jahren die mündliche und schriftliche Überlieferung der Weissagungen des blinden Jünglings vor sich geht, wird aus Bayern aus dem 18. Jahrhundert ein Parallelfall gemeldet. Die Flut der schriftlichen und gedruckten Überlieferungen über diesen Volkspropheten ist so groß, daß wir hier nur die letzten zwei glaubwürdigsten Publikationen betrachten wollen.

Nach F. Schrönghammer-Heimdal in Passau (zuletzt abgedruckt im Dorfboten Nr. 3 vom Jahre 1935) soll um das Jahr 1740 (nach Stiebing, abgedruckt im »Stern«, Hamburg, vom 1. 1. 1950, im Jahre 1780!) ein heimatloser und elternloser Bursche in dem bayerischen Ort Rabenstein aufgetaucht sein, der weder schreiben noch lesen konnte und auch seinen Namen nicht wußte. Man nannte ihn daher, wohl in Anlehnung an seinen vermeintlichen Heimatort (Steinberg in Mähren) Stormberger, was jedoch auch eine mundartliche Veränderung von Steinberg, Sternberg oder Stonberg sein konnte. Die Bauern verwendeten den fremden Burschen als Viehhirten. In der Einsamkeit der Weiden und Wälder soll nun der Bursche allerlei Visionen erlebt haben, die aber den Bauern so unglaubwürdig und phantastisch erschienen, daß er nur Spott und Verachtung erntete. Seine Gesichte wurden im Laufe der Jahre immer deutlicher und ausführlicher; vielfach waren auch bestimmte Voraussagen in der näheren Umgebung eingetroffen, so daß man sich schließlich für ihn interessierte. Seine Berichte wurden aufgeschrieben und gedruckt, und Stormberger war bald der Mittelpunkt heftiger Streite, die ihm das Leben in den Wäldern verleideten. Es ist berichtet, daß er sich oft monatelang unter fremden Namen in Nachbarorten aufhalten mußte, um den Verfolgern und Neidern zu entgehen. Schließlich sei er doch hochbetagt in Zwiesel gestorben und sei auch dort begraben.

Neuere Forschungen, insbesondere die Arbeiten des Prämonstratenser-Mönches Norbert Bachmund im Kloster Windberg ergaben, daß es sich bei dem »Mühlhiasl« oder »Stromberger«

genannten Viehhirten oder Kohlenbrenner um einen Mann namens Matthias Lang aus Windberg bei Bogen gehandelt hat, der nachweislich 1806 in Rabenstein gestorben sei.

Eine andere Version lautet, daß es sich bei diesem Volks-Propheten um einen gewissen Matthias Pregl oder Preckl handelte, der im Jahre 1753 in Apoig (Gemeinde Hundertsdorf) geboren sein sollte. Auf den Namen Matthias (als mundartliche Veränderung) sei auch der Name Mühlhiasl zurückzuführen, den auch andere Autoren wie Schrönghammer, Friedrich und Stiebing im gleichen Zusammenhang erwähnen.

Dieser sogenannte Mühlhiasl durchwanderte also das bayerische Land, um in den Mühlen die Steine zu richten und zu schärfen. Dabei hat er allen Leuten, die er traf, seine Gesichte erzählt und sei dadurch zu einer bekannten und gern gesehenen Persönlichkeit geworden. Er sagte seinen Zeitgenossen Dinge voraus, die ihnen als Jules-Verne-Dichtung erschienen sein mochten, von Wagen, die ohne Pferde und Deichsel fahren, von einer eisernen Straße, auf der ein eiserner Hund (Lokomotive) bellen wird, von großen weißen Vögeln, welche über den Wald kommen sollten, von ganz unglaubwürdigen Veränderungen im Volks- und Wirtschaftsleben — kurz Dinge, die über die Fassung und Vorstellungskraft seiner Zeitgenossen gingen.

Dieser Art Propheten gibt es jedoch viele, dabei könnten es ja mit etwas gesundem Menschenverstand nur Folgerungen aus früheren Ereignissen sein. Aber was Mühlhiasl über alle klugen Leute hinaus hob, war eine Voraussage der Ereignisse im 20. Jahrhundert. Er sagte diese Dinge so deutlich und unumwunden aus, meist in seiner Sprache, in seinen Bildern und innerhalb seines Gesichtskreises, daß wir heute, nachdem die Hälfte dieser Gesichte bereits hinter uns liegt, nur erstaunt innehalten können. Man ist wieder leicht versucht, an eine nachträgliche Formulierung zu denken, ständen nicht die Daten ihrer Entstehung unverrückbar fest. Mühlhiasl hat 150 Jahre zuvor den Verlauf des 20. Jahrhunderts ebenso genau vorausgesagt wie der blinde böhmische Seher. Dabei sind es oft dieselben Worte, die er dazu gebraucht. Man ist wiederum versucht, an eine Kenntnis der Weissagungen des blinden Jünglings zu glauben. Einige Anzeichen sprechen auch dafür. Wenn die Überlieferungen von einem eltern- und heimatlosen Burschen berichten, so liegt die Annahme nahe — wie schon angedeutet —, daß er aus Böhmen oder Mähren gekommen sei. Auffallend ist, daß er außer Bayern in seinen Weissagungen kein anderes Land mehr erwähnt als Böhmen, daß *»der Wald«*, den er immer als seine Welt nennt, ebensogut der Böhmerwald wie der Bayerische Wald sein kann, daß also irgendwie eine Kenntnis der Welt hinter diesem Wald vorhanden sein mußte.

Doch ist eine Duplizität der Fälle durchaus möglich und wäre ein weiterer Streit darüber jetzt überflüssig. Uns interessiert nicht so sehr die Person des Mühlhiasl, sondern seine Aussagen. Und dies wiederum nur im Vergleich zu denen des blinden Jünglings.

Die Ähnlichkeit der beiden Gestalten ist auffallend; hier wie dort handelt es sich um einen einfachen Menschen vom Lande, um einen Viehhirten. Beide sagen schwere wirtschaftliche und politische Veränderungen voraus, beide nennen zur Erfüllung ihrer Gesichte fast die gleiche Zeit, beide zeichnen mit erdhaften Ausdrücken ein Bild kriegerischer Ereignisse, welche mit den zu ihrer Zeit üblichen Mitteln der Kriegsführung nicht möglich waren und die unzweifelhaft auf die Anwendung der Atomkraft für Kampfzwecke hindeutet. Beide haben es gemein, daß sie aus ihrer Fähigkeit keinen Gewinn schlugen, sondern Verachtung und Verfolgung ernteten, die beim blinden Jüngling zum Verbot der Verbreitung der Weissagungen durch den Kaiser und seinem stillen Verschwinden führte, beim Mühlhiasl aber, daß er sich zeitweise vor seinen Widersachern verbergen mußte.*)

Beide verwenden vielfach gleiche oder ähnliche Bilder, um ihre Gesichte zu zeichnen, wie z. B. der blinde Jüngling: *»alles*

*) Selbst Nostradamus, zur Zeit der Veröffentlichung seiner ersten Prophezeiungen schon ein angesehener und vielbeschäftigter Arzt, wurde als Betrüger und Scharlatan verunglimpft. Aber auch aus seinen späteren Erfolgen zog er für sich keinen Nutzen, sondern verwendete alle Zuwendungen und Geschenke von Fürsten und Königen zur Unterstützung bedürftiger Patienten.

in Böhmen wird verschüttet werden« — bei Mühlhiasl: *»Böhmen wird mit eisernen Besen ausgekehrt«*, beim blinden Jüngling: *»Nur die Gebiete der blauen Steine bleiben verschont«* — beim Mühlhiasl: *»nur die Leute bleiben verschont, soweit die schwarzen Bäche gehen«*.

Diejenigen Punkte, in denen sich die beiden Seher unterscheiden, sind gering. So ist der Schauplatz des einen Böhmen, des anderen Bayern; während der blinde Jüngling auch über alle Grenzen hinweg das Schicksal seines Landes und Volkes sieht, ist der Mühlhiasl befangen und eingeengt in seine Waldheimat, und er geht nur ungern darüber hinaus.

An Genauigkeit und Präzision aber steht der bayerische Seher weit hinter dem böhmischen Hirten. Während der blinde Hirte seine Gesichte in bildhafte Sätze meißelt, die ihm eine seine Zeit weit überragende Bedeutung als Seher verleihen, haftet der Mühlhiasl an der Enge seiner Waldheimat und wendet sich immer nur den Veränderungen innerhalb dieser Welt zu.

In den Sätzen, die sich unmittelbar auf die zwei Weltkriege beziehen, bleibt Mühlhiasl undeutlich und tastend, während der böhmische Seher die Ereignisse wie Axiome festnagelt. Der blinde Jüngling hat keine einzige schwache Stelle, die anders oder mißdeutet werden könnte, er steht über den Dingen.

Am auffallendsten jedoch ist der Umstand in jenen Sätzen, die die beiden Weltkriege anzeigen: während der blinde Seher drei Kriege präzise auseinanderhält, spricht Mühlhiasl nur von einem großen Krieg und nennt den zweiten und alle nachfolgende Zeit, *»die Zeit des großen Aufräumens«*. Bemerkenswert ist noch, daß der blinde Jüngling die Merkmale, die zum Kriege führen, immer genau auseinanderhält, während Mühlhiasl Symptome bringt, die auf beide Kriege passen, z. B. *»Durch einen Kleinen fängt der Krieg an und durch einen Großen wird er gar . . .«* Beide Kriege begannen mit Konflikten zwischen einem großen und einem kleinen Staate (1914 Österreich gegen Serbien und 1939 Deutschland gegen Polen). Beide Kriege endeten mit dem Eingreifen Amerikas, was bei beiden Sehern übereinstimmend vorausgesagt wird.

Als Zeit der Erfüllung ihrer Gesichte nennt der blinde Jüngling im 2. Satz haargenau die Zeit *»da einer länger als 60 Jahre Herr über Böhmen ist . . .«* Das geschichtlich einmalige Vorkommnis, daß ein Kaiser durch volle 68 Jahre ein so zwiespältiges Reich beherrschen konnte, hat er 560 Jahre zuvor vorausgesehen. Der Mühlhiasl weist bei der Frage nach der Erfüllung seiner Gesichte auf einen Knaben und sagt: *»Der wird's nicht erleben, seine Kindeskinder auch nicht, aber deren Kindeskinder werden's erleben . . .«* Also 5 Generationen noch. Wenn die Jahreszahlen der Entstehung der Weissagung stimmen, dann also in 150 bis 200 Jahren, was mit der Jahrhundertwende zutreffen würde.

Auch den Mühlhiasl-Weissagungen wurde von Abschreibern vieles hinzugesetzt, was heute unwahrscheinlich klingt. So soll er gesagt haben, wenn auf der Kirche zu Zwiesel Birken wachsen, dann stände großes Unheil bevor.

Nun ist das keine Seltenheit, daß in vernachlässigten Dachrinnen mal ein Samenkorn sprießt und zu einem Sträuchlein wird. So geschah es auch in den Jahren 1936—1938. Zuvor hatte ein bayerischer Schriftsteller einige Sätze des Mühlhiasl in einem Heimatroman verwendet, unter anderem auch den Hinweis auf die Birken auf der Kirche zu Zwiesel. Seine Zeitgenossen sahen das »Wunder«, und es wurde viel darum herumgeredet, so daß es auch die mißtrauischen SS-Spitzel des »Führers« erfuhren. Man holte sich also den Dichter und verhörte ihn nach Gestapo-Methoden. Ein trauriges Kapitel in der Geschichte der Mühlhiasl-Weissagungen.

Der Mühlhiasl ist der einzige, der mit dem böhmischen Seher verglichen werden kann. Wir wollen auch im Verlauf der ganzen Schrift nur seine Gesichte aus der Vergangenheit zum Vergleich heranziehen und andere nur bei gewissen Stellen nennen, bei denen es eine auffällige Übereinstimmung gibt.

4.

Es wird notwendig sein, aus der langen Reihe der Volkspropheten noch einige markante Typen herauszustellen, um den Lesern zu zeigen, daß unser Hauptthema, die Voraussagen des böhmischen Hirten, nicht eine Ausnahme, sondern nur eine von vielen ist. Das Wesentliche an ihm ist nur seine deutliche Zeichnung des 20. Jahrhunderts.

Aus dem 18. Jahrhundert ist uns ein Seher bekannt, der unsere Aufmerksamkeit verdient, da er zu vielen Vergleichen anregt. Es ist dies der Fischer Christian Heering aus Prossen bei Königstein in Sachsen. Heering war ein Mann niederster Bildung, behaftet mit einem schweren Sprachfehler und starken Hemmungen im Umgang mit anderen Menschen.

Heerings Sehergabe entwickelte sich nach einer Erscheinung Christi und hatte anfangs religiösen Inhalt. Gar bald jedoch nahmen seine Voraussagen politischen Inhalt an. Aber weder sein Beichtvater noch andere Personen seiner nächsten Umgebung schenkten ihm Glauben, weil er seine Gesichte immer noch mit biblischen Texten vermischte. Erst als einige der Visionen durch Ereignisse in seiner nächsten Umgebung erfüllt wurden, wurde man auf ihn aufmerksam. Heering wurde nach und nach von der fixen Idee befallen, seine politischen Visionen seinem Landesherrn, dem König von Sachsen, mitzuteilen. Dieser einfache Mann, der zeit seines Lebens aus seinem Kreis nicht herausgefunden hatte, dem es schwer fiel, ungehemmt mit seinem Beichtvater zu sprechen, entwickelte eine Energie und Zuversicht auf die Notwendigkeit seiner Aufgabe, daß er alle ihm entgegenstrebenden Hindernisse überwand, um dem König seine Gesichte über das Schicksal des Landes zu überbringen; er konnte zwar nicht bis zum König kommen, doch gab er sich schon damit zufrieden, diesem über einen Minister sein Anliegen vortragen zu lassen.

Seine Voraussagen über politische und kriegerische Ereignisse trafen alle ein, obwohl sie im Augenblick der Aussage mit den zeitlichen politischen und militärischen Gegebenheiten nicht übereinstimmten, ihnen meist sogar schroff entgegenstanden und eine Erfüllung als unmöglich erscheinen ließen. Seine Gesichte bezogen sich alle auf seine Gegenwart oder nächste Zukunft und sind heute schon Geschichte. Für das 20. Jahrhundert hat Heering nichts vorausgesagt. Er interessiert uns nur in der Hinsicht, daß er als ungebildeter und unwissender Mensch Dinge voraussah, die den Gelehrten und Gebildeten seiner Zeit verborgen blieben.

Aus dem gleichen Jahrhundert wird aus Westfalen eine bemerkenswerte Prophezeiung überliefert, die fast zur Gänze eingetroffen ist. Sie ist unter dem Titel »Prophezeiungen des elsischen Jungen« noch heute bekannt. Seine Visionen betrafen die Ereignisse der kritischen Jahre vor und nach der Revolution 1848. Auch der elsische Junge ragte weder durch Bildung oder besondere Geistesgaben über seine Zeitgenossen hinaus.

Im Anfange des 19. Jahrhunderts machte ein Bauer aus der Umgebung von Heidelberg von sich reden: Johann Adam Müller war einer der erfolgreichsten Seher seines Jahrhunderts. Bezeichnend für ihn war die strenge chronologische Folge seiner einzelnen Gesichte, die alle einem Ziel zustrebten. Seine Visionen erhielt er anfangs im Traum, und sie waren so eindringlich und deutlich, daß es ihm im Wachsein unwiderstehlich drängte, die im Traum erhaltenen Befehle und Empfehlungen auszuführen. Auch er wurde getrieben, seine Gesichte seinem Landesherrn, dem damaligen König von Preußen, mitzuteilen. Er setzte diesen Befehl aus seinen Traumerlebnissen unbeirrbar und trotz aller kriegerischen und materiellen Schwierigkeiten durch. Ihm gelang es, seinem Landesherrn persönlich seine Gesichte und die in ihnen enthaltenen Warnungen vor bestimmten Unternehmen und Ratschläge für die Zukunft zu erklären.

Seine Voraussagen betrafen alle die unmittelbar bevorstehende Zukunft, doch waren auch Teile darunter, die außer Zusammenhang erst zu einem viel späteren Zeitpunkte eintrafen. Aber sie trafen alle ein. Und wieder waren es meist Bilder und Visionen, die, wie im Falle unseres böhmischen blinden Jünglings oder des bayerischen Stormberger oder Mühlhiasl oder des Fischers Heering, ganz und gar nicht in den wahrscheinlichen politischen Ablauf der nächsten Jahre paßten und er darüber viel Spott und Unglauben über sich ergehen lassen mußte.

Sein Weg zum König von Preußen, der drei Wochen dauerte, ist ein Roman für sich; die Verfolgung seines Zieles, zu seinem König zu kommen, verlief so abenteuerlich und verworren, daß es weit größeren Geistern kaum gelungen wäre, wieder heil zurückzukommen. Was sich eine Phantasie nur erdenken konnte an Schwierigkeiten menschlicher, politischer und geographischer Art, stellte sich ihm entgegen; selbst der Untergang eines Schiffes und die Erschießung als Spion drohten ihm. Und doch war Johann Adam Müller nur ein Bauer, der zur Not seinen Namen schreiben konnte, weder eine ausreichende Schulbildung noch eine auch nur den primitivsten Ansprüchen gerechtwerdende Intelligenz besaß, noch jemals das Bedürfnis gezeigt hatte, mit anderen Menschen außer seinem engsten Familien- und Nachbarnkreis zu verkehren, von einem Umgang mit einem König und der Königin ganz zu schweigen. Und doch hatte er mehrere Gespräche mit den Ministern des Königs, mit dem König und der Königin.

Müller sagte seinen Zuhörern den Verlauf der napoleonischen Kriege gegen Preußen, den Niedergang des Kriegsglückes des Korsen, seine Verbannung und seine Wiederkehr von Elba voraus. Seine Gesichte waren frappant genau, so daß sie fast unglaublich erschienen und er auch nicht in der Lage war, sie im einzelnen näher zu erklären. Aber sie sind alle eingetroffen.

5.

Aus dem Chiemgau wurden seit einigen Jahren die Gesichte eines Brunnenbauers, Alois Irlmeier, beschrieben. Wenn wir die Lebensgeschichte dieses Mannes lesen, so tauchen unwillkürlich Vergleiche mit dem blinden böhmischen Seher und dem bayerischen Mühlhiasl und den beiden vorerwähnten Sehern auf. Wieder handelte es sich um einen einfachen Menschen mit unverbildetem Intellekt, wieder stammte er aus ländlichen Verhältnissen und wieder schienen ihm seine Gesichte die Ruhe eines sorgenfreien Lebens rauben zu wollen. Denn Irlmeier war mit seinen Gaben nicht glücklich; sich damit als Mittelpunkt der öffentlichen Aufmerksamkeit zu wissen, war ihm lästig, er war kein Mann des Geschäftes und der Propaganda. Sein Beruf waren Brunnengraben und Wassersuchen mit der Wünschelrute, im übrigen aber wollte er ungeschoren bleiben.

Die Gesichte, welche Irlmeier berichtete und die sich auf die Zukunft Deutschlands beziehen, stehen in einem seltsamen Einklang mit den Weissagungen des blinden Jünglings und des Mühlhiasl. Nun wäre es ja einfach, nach Kenntnisnahme beider in gleichen Gesichten zu prophezeien. Irlmeier aber hat in seiner Umgebung und in der Vergangenheit schon viele Beispiele gezeigt, daß er tatsächlich die Gabe des zweiten Gesichtes besaß. Seine an die engere Umgebung gerichteten Voraussagen sind zum Großteil so eingetroffen, wie er sie äußerte, es liegen beglaubigte Darstellungen vor, von Personen, welche diese Voraussagen betrafen und die in aller Öffentlichkeit deren Erfüllung bestätigten.

Der Vollständigkeit halber müssen wir auch die Zukunftsgesichte des Irlmeier bei unseren Betrachtungen in Erwägung ziehen, und wir werden in unserem Teil — welcher die Zukunft betrifft, wieder auf ihn zurückkommen.

6.

Nach all dem Beschriebenen tritt die Frage auf, wie denn solche Gesichte entstehen könnten. Es wäre leicht, auf göttliche Gnade oder auf ein Wunder hinzuweisen, damit aber würde sich der Leser des 20. Jahrhunderts nicht zufrieden geben. Nicht, weil unsere Zeit zu ungläubig geworden ist und eine Begnadung dieser Menschen ablehnen würde, sondern weil diese letzte Ursache immer im Hintergrunde aller unserer Betrachtungen lebt und bleibt, wir aber nach dem Stand unserer wissenschaftlichen

Forschung außerdem noch eine verständliche Erklärung hören möchten.*)

Es ist nun nicht die Aufgabe dieser Schrift, darüber ausführlich zu berichten; die restlose Klärung aller Phänomene des Hellsehens bleibt eine Aufgabe zukünftiger Psychologen, und der Zweig dieser Wissenschaft, der sich vornehmlich mit diesem Gebiet befaßt, die Parapsychologie, ist erst in der Entwicklung begriffen.

Alle Gebiete okkulten Wirkens, welche die Norm unserer täglichen Wahrnehmung überschreiten, sei es die Methode, vermittels Medien die Geister der Abgeschiedenen zu befragen, oder das Hellsehen, das ohne persönliche Verständigung und Berührung vor sich gehende Gedanken übertragen oder die Übertragung von Gedanken im Wachzustand durch Berührung, die Übertragung von Gedanken auf willenlose Medien im hypnotischen Schlaf, seien es nur die Voraussagen primitiver Menschen im Trancezustand oder die Gesichte nach asketischer Vergeistigung — alle diese Formen fließen schließlich aus einer Quelle: der vorausschauenden Tätigkeit des Unterbewußtseins.

Jeder Mensch hat täglich mit einem Phänomen zu tun, ob er ihm im Wachzustand seine Aufmerksamkeit schenkt oder es achtlos beiseite schiebt oder es ihm gar nicht ins Tagesbewußtsein folgt: dem Traum.

So wie wir dem Unterbewußtsein im allgemeinen vorausschauende Fähigkeiten zuerkennen müssen, so müssen wir auch dem Traum vorausschauende Funktionen und Ziele zuschreiben. Dabei ist es ganz unwesentlich, ob es sich im Traum um Personen und Handlungen dreht, welche der Vergangenheit angehören, oder uns die Bilder im Wachsein phantastisch und unseren realen Vorstellungen unmöglich erscheinen; entscheidend

*) Ich bin nach den ersten vergriffenen Auflagen wiederholt gefragt worden, welche Erklärung ich für das Zustandekommen dieses Phänomens hätte, und ich mußte jedesmal antworten: Keine! Ich bin nicht so vermessen, für diese Phänomene — es handelt sich gar nicht um ein einzelnes, sondern um eine umfangreiche Gruppe verwandter Phänomene! — als Laie eine Erklärung zu versuchen, die für anerkannte Kapazitäten auf diesem Gebiete unmöglich ist; vorausgesetzt, daß es dafür überhaupt eine Erklärung gibt oder jemals geben wird. Es kann sich bei den entsprechenden Stellen immer nur um meine eigene, unmaßgebliche Meinung handeln.

sind nicht die Bilder, sondern die symbolische Sprache der Handlung. Es ist hier nicht der Platz, einer Traumdeutung das Wort zu reden, darüber existiert (nach Freud und Jung) eine umfangreiche Literatur, aus welcher sich jeder interessierte Leser erschöpfend orientieren kann.

Jeden von uns befällt zuweilen bei einer Handlung oder einer bestimmten Situation das Gefühl, dasselbe schon einmal gesehen und erlebt zu haben, ohne sich darüber Rechenschaft ablegen zu können. Dies ist möglicherweise die leise Berührung des vorausgesehenen Bildes im Unterbewußtsein mit der eingetretenen Wirklichkeit im Wachsein. Daß solche Manifestationen nicht zufällig entstehen, sondern ungeschriebenen Gesetzen folgen, muß man wohl annehmen. Es könnte nichts anderes als die Fähigkeit des Unterbewußtseins sein, nach dem Kausalprinzip Wirkungen aus weit zurückliegenden Ursachen über eine dazwischenliegende Reihe von Ursache-Wirkungen hinweg vorauszusehen, ein durchaus möglicher Zustand, wenn wir den menschlichen Geist nicht als Wunder, sondern als gesetzmäßige Form unseres Lebens betrachten wollen. Wir könnten dann diesen Vorgang auch als psycho-mechanischen oder psycho-physikalischen Vorgang bezeichnen, weil auch das menschliche Denken letzten Endes nichts anderes ist, als das Ergebnis chemischer oder physikalischer Vorgänge.

Mit diesem Phänomen, wie im Traum, haben wir es wahrscheinlich auch bei der Entstehung von gültigen Weissagungen zu tun; auch hier könnte unverdorbener Intellekt aus einer weit zurückliegenden Ursache über eine lange Reihe von Ursache-Wirkungen hinweg weit vorausliegende markante Wirkungen erkennen. Der Vorgang selbst bleibt dem Seher in seinen tiefsten Ursachen verborgen; er handelt unter innerem Zwange.

Nostradamus, der gelehrteste unter allen Sehern, kam zur Überzeugung, daß alles notwendig geschieht, was nichts anderes bedeutet, als die Anerkennung des Kausalitätsprinzips in der Geschichte. Geschichte im Sinne des klassisch-mechanistischen Weltbildes, in dem jedes Geschehen durch bestimmte Ursachen bedingt ist und demnach exakt vorausberechnet werden kann.

Bei der Lektüre der folgenden Voraussagen sollte eines stets im Auge behalten werden: die Formulierung der einzelnen Sätze muß nicht unbedingt beabsichtigt verschwommen und unklar gefaßt sein, sie entspricht vielmehr dem Bildungsgrad des Sehers, seinem zur Verfügung stehenden Wortschatz, seiner Umgebung und dem Sprachgebrauch seiner Zeit. Da sich dem Seher die Visionen nicht in fertigen Sätzen, sondern in Bildern zeigen, obliegt es seiner Phantasie und seiner Beredsamkeit, diese Bilder in Worten und Sätzen wiederzugeben. Wir haben aber gesehen, welcher Art die Bildung und Beredsamkeit der meisten Seher war: der blinde Jüngling, der kaum viel gesprochen haben wird, der Mühlenschleifer Mühlhiasl, der aus seinem Kreis nicht herauskam, der stotternde und gehemmte Fischer Heering und der schwerfällige Bauer Adam Müller . . .

Alle diese Seher mußten bestimmt lange und schwer um jeden Ausdruck ihrer Gesichte ringen, und es mag vieles Deutliche in ihren Bildern durch ihre Bildungsgrenze und durch die Unmöglichkeit, es durch die verfügbaren Worte auszudrücken, unklar oder widersinnig gesprochen worden sein. Hören wir doch vielfach von berühmten Schriftstellern die Klage, daß es ihnen oftmals unmöglich ist, den Bildern ihrer Phantasie in der Sprache den ebenbürtigen Ausdruck zu geben.

7.

Dieses Büchlein erwartet, daß seine Leser mit allem Ernste seinen Inhalt prüfen und sich mit den realen Tatsachen der geschichtlichen Beispiele und den Möglichkeiten der zukünftigen Bilder auseinandersetzen. Es erübrigt sich wohl vorauszuschikken, daß das Thema »Weissagungen« nicht mit jedem Jahrmarkthumbug, mit Kartenschlägerei oder Aberglauben zu verwechseln, sondern eine in unserer Zeit durchaus ernstzunehmende Erscheinung ist. Daß sich die Fülle aller Weissagungen auf Vorgänge des 20. Jahrhunderts beziehen, läßt uns die schwere Verantwortung erkennen, welche wir als Lebende dieses kritischen Jahrhunderts haben. Wir leben in einer gefährlichen Zeit. Das Wissen um die Zukunft wird uns ihre Schrecken nicht ersparen, denn alles was geschieht, geschieht notwendig und unabwendbar.

Die Weissagungen des blinden Jünglings

1. *Eine und noch eine und eine halbe Zeit werden über Böhmen fremde Herrscher sein.*

2. *In einer Zeit, da einer länger denn 60 Jahre Herr über Böhmen war, wird durch einen Fürstenmord ein großer Krieg entstehen.*

3. *Dann werden die gekrönten Häupter wie reife Äpfel von den Bäumen fallen.*

4. *Der böhmische Löwe wird nicht mehr untertan sein, sondern selber herrschen.*

5. *Zwei Völker werden in Böhmen leben.*

6. *Das Herrschervolk wird dem anderen nach dem Leben trachten und ihm keine Freiheit gönnen.*

7. *Bis ein Mächtiger kommt.*

8. *Dann werden die Herren in Prag dem zweiten Volke die Freiheit aus dem Fenster zuwerfen, aber zu spät.*

9. *Es kommt abermals ein großer Krieg zwischen allen Völkern der Erde.*

10. *Deutschland wird ein großer Trümmerhaufen und nur die Gebiete der blauen Steine werden verschont bleiben.*

11. *Der große Krieg wird zu Ende gehen, wenn die Kirschen blühen.*

12. *Solange die Kirschen reifen, möchte ich kein Deutscher sein.*

13. *Wenn aber die Kirschen geerntet sind, dann möchte ich kein Tscheche sein.*

14. *Zweimal wird das Böhmerland gesiebt werden: das erste Mal bleiben nur so viele Deutsche, wie unter einer Eiche Platz haben.*

15. *Wieder wird der tschechische Löwe über Böhmen herrschen, aber sein Glanz ist zu Ende.*

16. *In Böhmen wird nur noch ein Volk leben.*

17. *Ein neuer Krieg wird ausbrechen, dieser wird der kürzeste sein.*

18. *Das Volk in Böhmen wird durch den Krieg vernichtet und alles im Lande wird verschüttet werden.*

19. *Zweimal wird das Böhmerland gesiebt werden: das zweite Mal werden nur so viele Tschechen übrig bleiben, die auf einer Hand Platz haben.*

20. *Aber es wird nicht eher Friede in Europa sein, ehe nicht Prag ein Trümmerhaufen ist.*

21. *Abermals zur Kirschblüte wird Prag vernichtet werden.*

22. *Eine Sonne wird stürzen und die Erde beben . . .*

23. *Die Rache kommt übers große Wasser.*

24. *Wenn zum zweiten Male die Kirschen reifen, werden die Vertriebenen aus Böhmen traurig wieder zu ihren Herrn, ihren Webstühlen und Feldern zurückkehren.*

25. *Aber nur wenige werden es noch sein.*

26. *Und diese Wenigen werden einander fragen: Wo hast Du gesteckt und wo Du?*

27. *Die Bauern werden hinter dem Pflug mit der Peitsche knallen und sagen: hier hat Prag gestanden.*

28. *Über die Welt wird ein neues Zeitalter kommen, das man das goldene nennen wird.*

Die Weissagungen des Mühlhiasl oder Stromberger

1. *Im Walde werden eiserne Straßen gebaut und der eiserne Hund wird durch die Öde bellen.*

2. *Nachher fahren die Wagen ohne Rosse und Deichsel.*

3. *Die Leute werden fliegen wie die Vögel.*

4. *Diese Veränderung der Wirtschaft und der Verkehrsverhältnisse wird nicht ohne Einfluß auf das Volksleben bleiben.*

5. *Sie macht die Leute immer mürrischer und gescheiter.*

6. *Die Mannsbilder werden statt der Waldlertracht rote und farbige Hüte tragen und mit gewichsten Stiefeln in der Miststatt stehen.*

7. *Die Weibsbilder werden wie die Rabenköpfe daher kommen und man wird sie wie die Gesen spüren.*

8. *Wenn die Rabenköpfe aus der Mode kommen und die Weiberleut Hüte tragen wie die Mannsbilder, dann ist die erste Zeit vorbei und es kommt die andere mit dem großen Krieg.*

9. *Der große Krieg wird anheben, wenn im Vorwald draußen die eiserne Straße fertig ist und der eiserne Hund auch dort bellen wird.*

10. *Durch einen Kleinen geht der Krieg an und durch einen Großen, der übers Wasser kommt, wird er gar.*

11. *Gleich nach dem Kriege kommt eine Zeit, da wird das Geld keinen Wert mehr haben.*

12. Um 200 Gulden wird man nicht einen Laib Brot bekommen, aber es wird keine Hungersnot sein.

13. Das Geld wird aus Eisen gemacht und Gold wird so wertvoll sein, daß man um ein Stück einen Bauernhof kaufen kann.

14. Nachher wird das Geld wieder sehr großen Wert haben, aber es wird etwas nütze sein, wegen seiner großen Seltenheit.

15. Kein Mensch wird den anderen mehr mögen.

16. Den Herrgott werden sie aus dem Winkel reißen und in den Kasten sperren.

17. Der Glaube wird so klein, daß man ihn kann unter einen Hut stecken.

18. Jeder wird einen anderen Kopf haben.

19. Die Kleinen werden groß und die Großen klein.

20. Wenn aber der (Kleine) aufs hohe Roß kommt, dann kann ihn auch der Teufel nicht erreiten.

21. Nachher gehts an! Das größte Aufräumen beginnt. Da wird der Bruder den Bruder und die Mutter die Kinder nicht mehr kennen.

22. Die neuen Herren können nichts als Gesetze machen, die kein Mensch halten, und Steuern ausmachen, die niemand zahlen wird.

23. Leute, die aus der Stadt aufs Land kommen, um den Bauern zu sagen, geh, laß mich ackern, werden von den Bauern mit den Pflugreitel erschlagen werden.

24. *Die Mannsbilder werden sich kleiden wie die Weiberleut und die Weiber wie die Mannsbilder.*

25. *Groß wird das Mißtrauen und die Angst unter den Menschen sein.*

26. *Die Bauern werden ihre Häuser mit hohen Zäunen umgeben und aus den Fenstern auf die Leute schießen.*

27. *In dieser Zeit holen die Leute den Herrgott wieder aus dem Kasten und hängen ihn in die Stuben, aber es hilft nichts mehr.*

28. *Das große Aufräumen geht richtig an: Ein Himmelszeichen wirds verkünden.*

29. *Aber erst wird noch ein strenger Herr kommen; der wird den Leuten vollend's die Haut abziehen.*

30. *Aber er ist nicht lange am Ruder.*

31. *Dann wird das Bayernland verheert und verzehrt, das Böhmerland mit eisernen Besen ausgekehrt.*

32. *Über die böhmischen Berge werden die mit den roten Jacken (Kappen) kommen.*

33. *Aber es währt nicht lange — in einer Nacht wirds geschehen.*

34. *Wer auf der Flucht zweierlei Brot mitnimmt und verliert eins, der soll sich nicht danach bücken, er wirds nicht mehr brauchen; und wer seinen Mantel vergessen hat, soll nicht mehr umkehren, er wird ihn nicht mehr brauchen.*

35. *Wer diese Zeit übersteht, muß einen eisernen Kopf haben.*

36. *Die Leute werden krank, aber niemand kann ihnen helfen.*

37. *Wenn man jenseits der Donau noch eine Kuh findet, der soll man ein silbernes Glöckel umhängen.*

38. *Wer zur Nacht auf einem hohen Berge steht, wird im ganzen Waldland kein Licht mehr erblicken, als ob der Wald ausgestorben wäre.*

39. *Der Hirte wird seinen Stecken in den Boden stoßen und sagen: da ist ein Dorf gestanden.*

40. *Nur die Leute werden verschont bleiben, soweit die schwarzen Bäche gehen und bis zur verkehrten Kirche.*

41. *Anderwärts werden die Leute ganz gehörig geräutert werden.*

42. *Wer das letzte Aufräumen besteht, wird zu jedem fremden Menschen sagen: Bruder, wo hast Du gesteckt? Schwester, wo hast Du Dich verborgen gehalten?*

43. *Es wird nur noch ein Gruß gelten: Gelobt sei Jesus Christus.*

44. *Danach gibt es im Waldland so viel Grund, daß sich jeder ein Haus wählen kann und Land soviel er will.*

45. *Auch jenseits der Donau ist alles wüst und leer. Dort werden sich die Waldleute ansiedeln, trotzdem es im Wald auch wieder ganz schön sein wird.*

46. *Danach ist das Schlimme vorbei und alles Böse überstanden.*

47. *Die Berg- und Waldleute werden ins Flachland ziehen und*

in den Dörfern im Wald werden die Brennesseln aus den Fenstern wachsen.

48. *Und so wird der Wald wieder öd' und leer, ohne Krieg und Sterb'.*

Auslegungen und Deutungen

I. Die Vergangenheit

Satz 1: *Eine und noch eine und eine halbe Zeit werden über Böhmen fremde Herrscher sein.*

Der erste Satz ist in seiner Formulierung unklar, daß wir aus ihm keine weiteren Schlüsse ziehen können außer dem, daß der Seher Analphabet war und auch mit der Zeitrechnung nichts anzufangen wußte. Er sah wohl die lange Zeit, die sein Volk unter Fremdherrschaft verbringen mußte, konnte sie aber nicht in Abschnitte wie Jahrhunderte oder Jahrzehnte präzisieren. Bis zur Erfüllung des zweiten Satzes vergingen nach 1351 bis 1914 563 Jahre.

Bei der seltsamen Formulierung des ersten Satzes sind wir unwillkürlich an das zwölfte Kapitel der Weissagungen Daniels (7) erinnert. Dort heißt es ähnlich: *». . . und schwur bei dem, der ewig lebt, daß es eine und eine zweite und eine halbe Zeit währen soll . . .«*

Eine so genaue Kenntnis der alttestamentarischen Propheten können wir dem einfachen Hirten nicht zuschreiben, daß er absichtlich gerade diesen Satz aus dem Zusammenhang der alten Weissagung für seine Zeitbestimmung genommen hätte. Vielmehr dürfte hier jene Kraft am Werke sein, die so viele voneinander unabhängige Seher dieselben Wortspiele verwenden läßt. *»Der Geist der Prophetie steht weder unter dem Willen der Propheten, noch sind sie sich dessen bewußt«* (Gregorius).

Die im österreichischen Staate und später in der Doppelmonarchie eingeschlossenen Slawen strebten immer mehr zu nationaler Selbständigkeit.

In der Einleitung erwähnten wir schon, was der Mühlhiasl über den Zeitpunkt der Erfüllung aussagte. Es ist dieselbe dunkle Andeutung. Die Visionen geben sich dem Seher in Bildern, aber nicht in Zahlen.

Mit den »fremden Herrschern« konnten nicht die Luxemburger gemeint sein, sondern die ihnen folgenden Habsburger, deren Herrschaft über Böhmen genau mit der Erfüllung des zweiten Satzes endet.

Satz 2: *In einer Zeit, da einer länger denn 60 Jahre Herr über Böhmen war, wird durch einen Fürstenmord ein großer Krieg entstehen.*

In einer unheilvollen Epoche österreichischer Geschichte, nach dem Sturz des Fürsten Metternich, des großen Gegenspielers Napoleons I., bestieg ein junger Habsburger Österreichs Thron: Franz Joseph I., dem es beschieden sein sollte, trotz innerer und äußerer Widerwärtigkeiten gegen das Kaiserhaus durch volle 68 Jahre die Geschicke seines Reiches zu lenken. Eine Regierungszeit, die einmalig in der Geschichte dasteht und die letzten Endes der Schlußpunkt monarchischer Regierungsform abendländischer Staaten sein sollte.

Was Franz Joseph I. an diplomatischer und staatsmännischer Kunst in dieser Zeit leistete, ist ebenso einmalig wie die Länge seiner Regierungszeit. Er bezeichnet sich selbst als »den letzten Monarchen«, und er muß wohl nach den ungeschriebenen Gesetzen alles politischen Geschehens ein Angelpunkt gewesen sein, denn auch Paracelsus schreibt schon im Jahre 1546 in seiner prophetischen Schrift: *»Drei Schätze sind verborgen und sollen balde nach Abgang des letzten österreichischen Kaisertums gefunden werden . . .«*

Und weiter Paracelsus über den ersten und letzten Herrscher Österreichs: *». . . also werde das deutsche Kaisertum, welches unter Karl dem Großen entstanden war* (Carolus Magnus, römischer Kaiser, König von Franken, 768 bis 814), *unter einem Karl wieder zu verfallen beginnen«*).* Der letzte Kaiser von

*) Hier eine interessante Parallele: Pausanias überliefert uns eine Weissagung eines sybillinischen Orakels, nach welchem das durch einen Philippos geschaffene makedonische Reich durch einen letzten Philippos zugrundegehen soll.

Österreich war Karl I. Er regierte nach dem Tode Kaiser Franz Josephs I., nachdem der rechtmäßige Thronfolger Franz Ferdinand in Sarajewo ermordet worden war, vom Jahre 1916 bis 1918 und starb 1922 in Verbannung.

Noch seltsamer mutet uns eine Voraussage Madame de Thebes aus dem Jahre 1913 an: *»Die Stunde naht, wo es zu offener Feindschaft zwischen den Slawen und Germanen kommen wird. Der, welcher regieren sollte* (Erzherzog Franz Ferdinand), *wird nicht regieren, und ein junger Mann, welcher nicht zum Regieren bestimmt war, wird regieren«* (Kaiser Karl I.).

Der zweite Teil des Satzes: *»es wird durch einen Fürstenmord ein großer Krieg entstehen«* ist sinnvoll durch die Ermordung des österreichischen Thronfolgerpaares am 28. Juni 1914 erfüllt worden.

Während die Slawen den alten Kaiser noch tolerierten, war ihnen der energische, aber keineswegs slawenfreundliche Thronfolger Franz Ferdinand schon lange verhaßt, und sie sahen in seiner Thronbesteigung nach dem Tode Kaiser Franz Josephs I. eine ernste Gefahr für ihre Unabhängigkeitsbestrebungen.

Anläßlich eines Besuches in Sarajewo wurde der österreichische Thronfolger Franz Ferdinand am 28. Juni 1914 von serbischen Terroristen erschossen.

Der Zwischenfall mußte derart kraß, derart provozierend sein, daß der alte Kaiser nicht ausweichen konnte; daß sie ihn an der richtigen Stelle trafen, bewies ja die Folge, als sich der friedliebende alte Monarch entschloß, nach 66jähriger Regierungszeit in einen Krieg einzutreten.

Bei der Formulierung des Satzes benützte der blinde Seher die ungewissen Worte *»In einer Zeit . . .«*, er wies also schon auf eine unbestimmte lange Zeit voraus. Schon im ersten Satze deutet er durch ein unklares Wortspiel eine lange Zeit an. Diese Formulierungen aber erscheinen nie mehr in seinen Weissagungen, alle weiteren Zeitangaben deuten nur auf kurze Zeit hin, ein Zeichen also, daß jetzt nach dem ersten Anstoß die Ereignisse rasch hintereinander abrollen. *». . . wird ein großer Krieg entstehen . . .«* Sonderbarerweise bezeichnet der blinde Hirte zwei Kriege als *»große Kriege«*, während er die Andeutung eines dritten Krieges als *»neuen Krieg«* formuliert.

Der Mühlhiasl nennt in seiner Weissagung nur den Ersten Weltkrieg als *»großen Krieg«*, ja als Krieg überhaupt, alle weiteren kriegerischen Ereignisse nachher sind bei ihm nur das *»große Aufräumen«*.

Der Erste Weltkrieg wurde aber nicht nur von diesen beiden Sehern — die übrigens bis zum Ausbruch des Krieges nicht beachtet wurden! — vorhergesagt, sondern die Jahrhundertwende brachte eine ganze Flut von Voraussagungen eines kommenden großen Krieges, und zwar wurden in dem ersten Jahrzehnt des 20. Jahrhunderts teils von einzelnen Sehern, teils von spiritistischen Zirkeln die Jahre 1912, 1913 und 1914 übereinstimmend als Beginn des großen Krieges genannt. Die Zahl 1913 überwog übrigens an Häufigkeit die beiden anderen Jahreszahlen. Wenn die kriegerischen Ereignisse dieses Jahres schon als Beginn oder notwendiges Vorspiel des Ersten Weltkrieges angenommen würden, wäre die Voraussage eingetroffen. Tatsächlich waren 1912 die Spannungen innerhalb der Österreichisch-Ungarischen Monarchie bis zur Katastrophe gewachsen. Es bedurfte nur des Anstoßes, des »Zwischenfalles«, um den Krieg auszulösen. Es mag die gärende Unruhe des ersten Jahrzehnts gewesen sein, die im Volk die Ahnung eines kommenden Krieges weckte.

Zu noch deutlicheren Voraussagen kamen die Astrologen, sie berechneten übereinstimmend das Jahr 1914 als den Anfang eines großen Krieges.

Max Kemmerich berichtet in seinem Buch »Alter Aberglaube oder neue Wahrheit« von einem Stuttgarter Medium, das im Jahre 1911 für die Jahre 1912, 1913 oder 1914 einen Krieg voraussagte, in dem alle gegen Deutschland und Österreich kämpfen werden. In heutiger geschichtlicher Rückschau bekommt dieses Bild, damals als unglaubwürdig und phantastisch verspottet, einen makabren Schein.

Während der blinde Jüngling schon im zweiten Satz den Ersten Weltkrieg vorhersagt, verweilt Mühlhiasl immer noch bei den wirtschaftlichen und kulturellen Veränderungen seiner Umwelt. Erst im 8. Satz kommt er auf den Krieg *». . . dann ist die erste Zeit vorbei und kommt die andere mit dem großen Krieg«*. Die *»erste Zeit«*, die Zeit des kulturellen und wirtschaftlichen Aufstieges des Deutschen Reiches ist also vorbei, es kommt die *»andere«*. Er will die beiden Zeiten genau unterschieden wissen. Nur wer die ersten Jahre nach dem Ersten Weltkrieg bewußt miterlebt hat, wird wissen, welche gewaltigen Veränderungen in Wirtschaft, Politik, Kultur, in Sitten und Gewohnheiten, im Denken und Wollen der Menschen durch den Krieg heraufgekommen waren. Es war eine *»andere«* Zeit, eine unruhige, voll gärender Elemente angefüllt, gegenüber der geruhsamen Zeit vor und nach der Jahrhundertwende mit ihrem stetig wachsenden Wohlstand.

Keiner der beiden Seher legt sich irgendwie auf die Länge des Krieges fest, sie gehen rasch, fast hastig darüber hinweg und wenden sich der Nachkriegszeit zu.

Während der blinde Jüngling mit einem Satz über den Ersten Weltkrieg hinweggeht, verweilt der Mühlhiasl noch weiter. Er sagt noch: *»Durch einen Kleinen geht der Krieg an und durch einen Großen, der übers Wasser kommt, wird er gar.«*

Serbien war bei Ausbruch des Weltkrieges ein kleiner Staat, es umfaßte ein Gebiet von ca. 43 000 qkm mit rund vier Millionen Einwohnern gegenüber der Doppelmonarchie mit rund 676 615 qkm, mit 53 Millionen Einwohnern (Serbien ist nicht etwa dem heutigen Jugoslawien gleichzustellen, wenn es auch nach dem Ersten Weltkrieg derselben Dynastie angehörte. Jugoslawien ist heute 256 000 qkm groß mit 16 Millionen Einwohnern. Es ist um die aus dem österreichischen Staate herausgelösten Länder Kroatien, Slowenien, Dalmatien und Bosnien und Herzegowina sowie das bergische Königreich Montenegro vergrößert).

Satz 3: *Dann werden die gekrönten Häupter wie reife Äpfel von den Bäumen fallen.*

»Dann«. Also nach dem Kriege. Der Sturz der Mittelmächte des Ersten Weltkrieges riß auch viele angrenzende und verbündete Reiche mit in den Strudel sozialer und politischer Umbrüche. Herrscherhäuser stürzten und alte Dynastien zerbrachen, und neben der Doppelmonarchie, bei der gleich drei Kronen frei wurden, endeten auch noch die Dynastien Deutschlands (mit seinen Königreichen Bayern, Preußen und Sachsen) sowie Rußland, Bulgarien, Montenegro, Türkei, Spanien u. a. ihre monarchischen Regierungssysteme und ersetzten sie nach dem Willen der Völker durch Volksvertretungen. Eine Zeit gewaltigen weltanschaulichen Umbruchs war da.

Kein Mensch konnte zur Zeit des blinden Jünglings und Kaiser Karls IV. aus politischen oder wirtschaftlichen Anzeichen auf solche Umwälzungen schließen, und es bedurfte schon eines durch Blindheit bewahrten und unverdorbenen Intellekts, um diese Geschehnisse über fast 600 Jahre vorauszusehen. Die Weissagungen mußten um so unverständlicher erscheinen, da gerade in der Blütezeit dynastischer Herrscherhäuser kein Mensch daran dachte, daß einmal eine Zeit ohne diese Form der weltlichen Obrigkeit kommen könnte.

». . . wie reife Äpfel«, — also nicht inmitten eines noch nicht abgeschlossenen Werde- oder Reifeprozesses, sondern reif werden die gekrönten Häupter durch das große Ereignis fallen, reif zum Untergang; ihre Zeit ist vorbei, sie passen nicht mehr in die neue Zeit.

Diese politische Voraussicht geschieht im Sinne einer sehr internen Angelegenheit: des Schicksals des tschechischen Volkes. Durch drei Sätze präzisiert der Seher die Ereignisse der Jahre 1914 bis 1918, doch nicht die Beschreibung der weltpolitischen Lage liegt ihm am Herzen, sondern er sagte dabei nur: 1. wie lange sein Volk unter fremder Herrschaft leben muß, 2. durch welche Ursache es frei werden und 3. welche Folgen das befreiende Ereignis haben wird. Durch drei Sätze umreißt er präzise umwälzende Ereignisse des 20. Jahrhunderts und wendet sich nun sofort seiner eigenen Herzensangelegenheit, dem Schicksal seines Volkes zu.

Der Mühlhiasl verweilt bei dem großen Kriege noch mit der Feststellung, daß er durch *»einen Großen, der übers Wasser kommt, gar wird«*. Hier stellt der bayerische Seher schon fast 200 Jahre vorher fest, daß Amerika zum militärisch-weltpolitischen Faktor werden wird, der in Zukunft europäische Kriege entscheidet. Kein Mensch dachte damals schon daran, daß Amerika einmal diese entscheidende Rolle spielen konnte. Denn zu jener Zeit befand sich der amerikanische Kontinent in einem Wirrnis von Kriegen. Franzosen und Engländer schlugen sich um den Besitz und die Vorherrschaft auf dem Lande, 1775 bis 1783 aber, in den amerikanischen Befreiungskriegen wurde das Land der englischen Oberherrschaft entrissen. Das waren Zustände, in denen höchstens Abenteurer und Glücksritter das kommende Land im Kampf um Reichtum witterten, niemals aber konnte es im Konzept europäischer Politik als Machtfaktor angesehen werden.

Wenn wir zu dem Abschnitt kommen, in dem der blinde Jüngling von Amerika spricht, so gelangen wir zu noch seltsameren Schlüssen.

Satz 4: *Der böhmische Löwe wird nicht mehr untertan sein, sondern selber herrschen.*

Zu diesem Satz ist ein kurzer Abriß böhmischer Geschichte notwendig.

Nachdem die große Völkerwanderung der Frühgeschichte zur Ruhe gekommen war, zeichnete sich erstmalig die Existenz slawischer Volksstämme in Böhmen und Mähren ab. Sie rückten allmählich an die Stelle der nach Süden abziehenden germanischen Stämme der Markomannen und Quaden. Ihr Ursprungsland ist nicht genau festzustellen, möglicherweise kamen sie aus Innerasien. In den von den Germanen geräumten Gebieten ließen sie sich als bäuerliche Kolonisten nieder. Sie bildeten selbständige Gruppen neben den verbliebenen germanischen Resten, aber vielerorts vermischten sich beide Völker.

Während der Züge der Awaren durch Europa gerieten sie unter ihre Herrschaft. Ein fränkischer Kaufmann (Samo) organisierte die Germanen und Slawen gegen die bedrückenden Awaren und vertrieb sie. Unter seiner Führung, also unter germanischer Führung, entstand der erste slawische Staat von den Ostalpen bis zur Elbe (623—658).

Es kann also in jener Frühzeit böhmischer Geschichte noch nicht von einem selbständigen slawischen Staat gesprochen werden, vielmehr handelt es sich hier um zwei Völker, welche sich allmählich vermischten, wobei sie immer unter der Herrschaft einer germanischen Oberschicht blieben.

Erst die Feldzüge Karls des Großen brachten klarere Verhältnisse. Während seiner Kriege gegen die Awaren durchzog er Böhmen und Mähren, und beide Länder wurden ihm tributpflichtig.

In der weiteren fast lückenlos vorliegenden böhmischen Geschichte bleiben die böhmischen Slawen oder Tschechen, wie sie sich später nannten, immer germanischen Fürsten, Königen oder Kaisern untertan. Und diese Untertänigkeitsverhältnisse dauerten, mit wechselnden Herrscherhäusern (zuletzt durch 600 Jahre unter den Habsburgern), durch volle 1200 Jahre.

Erstmalig in der ganzen Geschichte werden die böhmischen Slawen am 28. Oktober 1918 selbständig.

Dieses denkwürdige Ereignis sah der böhmische Seher voraus und faßte es im vierten Satz zusammen.

Aus seinen Worten *». . . nicht mehr untertan sein . . .«* klingt die Genugtuung der Befreiung aus fremder Oberherrschaft, schließt aber den Satz mit der Festsetzung der neuen Form der politischen Selbständigkeit: *»selber herrschen«*. In dem letzten Worte »herrschen« liegt eine auffallende Härte. Denn ihre neue Staatsform ist nicht nach den Grundsätzen der Selbstbestimmung der Völker geplant, sondern von machtpolitischen Gesichtspunkten diktiert: der neue Staat ist von vornherein wieder das, was die Tschechen in der ehemaligen Österreichisch-Ungarischen Monarchie bekämpften, ein Vielvölkerstaat, denn er umfaßt außer dem Lande Böhmen, in dem sich neben einer starken deutschen auch die größte geschlossene tschechische Besiedlung ausbreitet, noch die Kronländer Mähren und Schlesien sowie sieben Komitate von Ungarn und das Hultschiner Ländchen, letzteres mit rein deutscher Bevölkerung. Am besten wird der Zustand durch die Prozentanteile der nationalen Zugehörigkeit der Bevölkerung sichtbar: sie gliedert sich in 46 v. H. Tschechen, 13 v. H. Slowaken, 28 v. H. Deutsche, 8 v. H. Ungarn, 3 v. H. Ukrainer und 2 v. H. verschiedener Nationalitäten.

Diese Volksteile ließen sich nur widerstrebend in den neuen Staatsverband zwingen, und es verlangte schon eine gewisse straffe Staatsführung, um das Gebilde überhaupt lebensfähig zu machen.

Unmißverständlich hat also der böhmische Seher ungefähr 600 Jahre zuvor den Zustand zur Erfüllung seiner Voraussage charakterisiert: *»... selber herrschen!«*

Satz 5: *Zwei Völker werden in Böhmen leben.*

Das wirtschaftliche und politische Gewicht der Deutschen im tschechischen Staate wurde also dem blinden Seher schon klar. Was seiner Zeit noch »Bevölkerung«, getrennt nach Sprache, Sitte und Bräuche und überschirmt vom staatsmännischen Können und dem hohen Kulturwillen des alten Kaisers, zusammengehalten aber durch den gemeinsamen Glauben, das präzisierte er scharf als zwei Völker, unterschieden durch nunmehr entwickeltes Nationalgefühl. Neben den 7,5 Millionen Tschechen dominiert der Stamm der österreichisch gesinnten Deutschen in Böhmen und Mähren (später und heute Sudetendeutsche genannt) als zweitgrößte Gruppe mit 3,5 Millionen Seelen.

»Zwei Völker ...«, damit nagelte er ein für allemal die zwei Faktoren fest, von denen der Bestand der ersten Selbständigkeit abhing.

Diese Formulierung reißt 600 Jahre zuvor blitzhaft die tiefe Kluft auf, die sich durch das jahrhundertelange Nebeneinanderleben und das durch die politische Unduldsamkeit der Tschechen seit hundert Jahren verschuldete Auseinanderleben eröffnet. Die Deutschen, dicht an den benachbarten Kulturkreis aller Deutschen durch Sprache und Anlage gebunden, patriotisch jedoch den Habsburgern zugeneigt, waren den Tschechen seit jeher in jeder Hinsicht überlegen. Die Tschechen hingegen, nur an noch weniger kultivierte Völker grenzend, immer den Ausstrahlungen der sie umgebenden geistigen und politischen Strömungen der Deutschen ausgesetzt, entwickelten in den letzten hundert Jahren einen Komplex, der sich von Zeit zu Zeit in bodenlosem Haß und Grausamkeit gegen die Deutschen entlud. Der Einfluß des größten slawischen Volkes, der Russen, erreichte die Tschechen nur indirekt, er wirkte unter dem viel höheren Beispiel der Deutschen nicht befruchtend, sondern für die führende tschechische Intelligenz eher warnend und alarmierend. Die Theorie eines allslawischen Staates, von Rußland aus suggeriert, irrte nur in den mittleren Schichten des Volkes herum und hier nur aus Unkenntnis der politischen und geographischen Gegebenheiten.

Satz 6: *Das Herrschervolk wird dem anderen nach dem Leben trachten und ihm keine Freiheit gönnen.*

Von allen Minderheiten in ihrem Staate war den Tschechen die deutsche am unbequemsten. Deshalb machten die verantwortlichen Staatsmänner der Republik keinerlei Hehl daraus, daß ihnen nur am Land gelegen sei, niemals aber an den Menschen, welche es bewohnten. Sie hofften, durch Beschneidung aller nationalen Freiheiten die Deutschen langsam zu assimilieren oder sie zur Auswanderung zu veranlassen.

Schon in seiner ersten Botschaft an die tschechoslowakische Nationalversammlung betonte Präsident Masaryk: »Was die Deutschen in ›unseren‹ Ländern anbelangt, so ist unser Programm schon längst bekannt. Das von den Deutschen bewohnte Gebiet ist unser Gebiet und bleibt unser ...«

Der Präsident der tschechischen Völkerbundsliga Professor Mareš erklärte vor der Nationalversammlung: »Es wäre ein Wahnsinn, bestrebt zu sein, die Deutschen für die Republik zu gewinnen. Eine solche Politik wäre sinnlos. Wer da verlangt, den Deutschen *ihren jetzigen Besitzstand zu belassen,* handelt entweder aus Angst oder in der Hoffnung auf die Deutschen. Eine solche Angst und solche Hoffnung aber sind nationaler Verrat ...«

Der tschechische Politiker Rašin erklärte ein Jahr nach der Gründung der Republik öffentlich: »Wir haben nach dem Friedensvertrag das Recht, uns so einzurichten, als ob es andere Nationalitäten bei uns nicht gäbe. Wir brauchen mit niemandem verhandeln ...«

Zur Bodenreform im Jahre 1920 erklärte der tschechische Ministerpräsident Kramař: »Ich bin für die Bodenreform, weil ich glaube, daß *auf dem deutschen Besitz tschechische Dörfer* für tschechische Legionäre errichtet werden müssen!«

Der Mittel und Wege, deren sich die Tschechen bedienten, den Deutschen im Staate ihre nationale Eigenart, Sprache, Kultur und Besitz zu entreißen, sind unzählige: Bodenreform, Sprachenverordnungen, Wahlverfälschungen, Schließung deutscher Schulen und Errichtung tschechischer Schulen in rein deutschen Gebieten, Besetzung aller Staatsposten durch Tschechen, willkürliche Entlassung deutscher Staatsangestellter, die aus der Österreichisch-Ungarischen Monarchie noch im Dienst waren, Verstaatlichung der Eisenbahnen und der Polizei, Zwangsansiedlung von Tschechen in den deutschen Gebieten, Verhetzung der tschechischen Bevölkerung zum Boykott der Deutschen auf wirtschaftlichen und kulturellen Gebieten.

Wenn der blinde Seher vom *»Herrschervolk«* sprach, so lag darin nochmals — wie im Satz 4 — eine betonte Härte. Es ist geradezu das Stichwort, die Generallinie der tschechischen Politik durch zwanzig Jahre seiner Herrschaft über die Minderheiten in Böhmen und Mähren.

Wenn man in geschichtlicher Rückschau die Haltung der Tschechen betrachtet, so kann man sich ihrer schicksalhaften Notwendigkeit nicht entziehen. Es ist, als ob alle Vernunft gestorben wäre und die Geschehnisse unhaltbar und folgerichtig dem Untergange des tschechischen Staates zustrebten, weil Menschen und Dinge einem Gesetz folgten, das seine Erfüllung in der Zerstörung des Staates finden mußte, um so die Worte des blinden Sehers vor 600 Jahren zu bestätigen.

Satz 7: *Bis ein Mächtiger kommt.*

Wie ein Schreckgespenst am Himmel des 20. Jahrhunderts zeichnet der blinde Seher Hitler. Hitler war der Mächtige, der mit seinen immerwährenden Kriegsdrohungen und Vorbereitungen und der immer wiederholten These des germanischen Herrenmenschtums eine Gefahr für das gesamte Slawentum wurde.

Während die Tschechen immer fieberhafter die Tschechisierung der deutschen Gebiete betrieben, während hunderte Bunker an der deutsch-tschechischen Grenze entstanden, bahnte sich in Österreich eine Entwicklung an, die schließlich am 12. März 1938 mit dem »gewünschten« Einmarsch deutscher Truppen und dem Anschluß Österreichs an Deutschland endete.

Nun sahen die Tschechen ihren Staat zu drei Viertel seiner Grenzen von dem fieberhaft aufrüstenden Deutschen Reich Hitlers umgeben. Die Kriegspläne Hitlers waren keinem unvoreingenommenen Menschen verborgen. In seinem Buch »Mein Kampf« hatte er der Welt schon lange seine wirklichen Absichten verraten. Die Tschechen verließen sich auf ihre Bündnisse mit Frankreich und Sowjetrußland und die Garantie Englands. Mit dieser Rückenstärkung versuchten sie das Verhängnis zu verhindern. Alle ihre Maßnahmen aber versetzten Hitler erst in die Lage, gegen den Staat vorzugehen, sie spielten ihm die Trümpfe geradezu in die Hand.

Henlein, der damalige Führer der Sudetendeutschen, dem alle

deutschen Parteien in einer Panikstimmung zuliefen, war schon lange nicht mehr Herr seiner Entschlüsse. Seine Politik wurde von Berlin aus bestimmt, was jedem Einsichtigen nach der ersten Zusammenkunft Henleins mit Hitler am 3. März 1938 klar wurde. Denn nach dem Anschluß Österreichs verkündete er in Karlsbad sein Programm, das schon überwiegend nationalsozialistisches Gedankengut enthielt. Noch hätte man Hitler einige Trümpfe vorenthalten können, aber die Tschechen waren keiner vernünftigen Lösung mehr zugänglich. Auch die Interventionen der britischen und französischen Botschafter am 7. Mai 1938 wurden übergangen. Im Gegenteil, am 21. Mai schon mobilisierte Benesch Teile der Armee. Auch die Slowaken meldeten nun, durch das Beispiel der Sudetendeutschen und der offensichtlichen Unfähigkeit der tschechischen Regierung ermutigt, ihre Ansprüche auf Autonomie an. Die Lage spitzte sich so zu, daß keine der Regierungen mehr klar sah. Die britische Regierung entsandte einen Sonderbevollmächtigten (Lord Runciman) nach Prag, um einesteils für seine Regierung die Sachlage zu klären, andernteils zwischen den streitenden Parteien zu vermitteln. Sein Bericht, den er im September 1938 seiner Regierung übermittelte, sagte eindeutig, daß die tschechoslowakische »Herrschaft« über das Sudetenland »taktlos, verständnislos, unduldsam und diskriminierend« war. Über die verwaltungsmäßigen sowie wirtschaftlichen und kulturellen Schikanen gegen die Deutschen unterrichtet, heißt es in seinem Bericht wörtlich: »Die Beschwerden sind meines Erachtens im Wesentlichen gerechtfertigt . . . habe ich von seiten der tschechoslowakischen Regierung keinerlei Bereitschaft gefunden, diese Übelstände einigermaßen zu beheben.«

In Wahrheit hatte Hitler überhaupt kein Interesse an einer Verständigung der beiden Völker. Als sich eine einigermaßen brauchbare Änderung abzeichnete, griff er zu Drohungen und zu Verhandlungen der geballten Faust. Seine Unterredung mit Chamberlain am 15. September 1938 war schon von einem möglichen Gewaltakt überschattet. Die britische und französische Regierung waren zur Einsicht gekommen, daß weiterer

Widerstand der tschechischen Regierung zu einer Katastrophe für ganz Europa werden könnte, sie ließen deshalb durch ihre Botschafter die Prager Regierung wissen, daß sie eine friedliche Beilegung der Krise wünschten, durch Gewährung des Selbstbestimmungsrechtes an die Sudetendeutschen. Offiziell nimmt die Prager Regierung die Vorschläge an, Benesch aber mobilisiert am 23. September seine ganze Armee und läßt sie an der deutschen Grenze aufmarschieren.

Was aus diesem Aufmarsch geworden ist, ist noch erinnerlich: er blieb bereits in den ersten Tagen, in einem unentwirrbaren Durcheinander, handlungsunfähig stecken. Der willkommene Anlaß zu militärischen Maßnahmen war also für Hitler gekommen. Um einem bevorstehenden Handstreich zuvorzukommen, bat Mussolini die drei Staatsmänner Chamberlain, Daladier und Hitler zu einer Konferenz. Sie wurde in München abgehalten . . .

Hinter der Hysterie jener Tage stand immer ein Mann, der *»Mächtige«:* Hitler. Seine Verhandlungsweise war die brutalste Drohung: der Druck der Gewalt und der Stand seiner Rüstung, dem keiner der anderen Staaten etwas gleichwertiges entgegenzusetzen hatte. Unter dem Druck dieser Faktoren und der Sorge um den Frieden stimmten die drei Staatsmänner schließlich seinen ultimativen Vorschlägen zu: das Gebiet Sudetenland muß ohne Verzögerung an das deutsche Reich abgetreten werden.

In den Worten *»ein Mächtiger«* liegt schon etwas so tragisches, das wir heute erst im vollen Sinne werten können. Kein »Großer«, kein »Held«, kein »Menschenfreund«, nein, ein *»Mächtiger«*, einer, der die Macht hatte, eine Wende im Schicksal Böhmens herbeizuführen. Und dieser *»Mächtige«* überschattet das Geschick Europas, das sich nun abzeichnet.

Satz 8: *Dann werden die Herren in Prag dem zweiten Volke die Freiheit aus dem Fenster zuwerfen, aber es ist zu spät.*

»Dann« deutet wieder auf eine kurze Entwicklungsdauer hin. Der geschichtliche Bestand eines tschechoslowakischen Staates ist in der Weltgeschichte nur eine unscheinbare Episode. Selbst in der Wendung *»werden die Herren in Prag«* liegt eine Geringschätzung der Regierung, noch mehr aber verrät uns das Bild *»die Freiheit aus dem Fenster zuwerfen . . .«* Also, die Herren in Prag sind *»drin«*, sie werden die Freiheit *»herauswerfen«*, denen, die draußen sind.

Die tschechische Regierung war schon der Gefangene ihres Staatsdünkels, ihrer sowjetischen Hintermänner und ihres ganzen unmotivierten Machtwahnes.

Und nun geschah es, was der Jüngling angedeutet hatte. Unter dem Druck der Westmächte, nachdem den Regierungen durch das Gutachten des Lord Runciman klar geworden war, daß es der einzige Ausweg wäre, um den Konfliktstoff aus der Welt zu schaffen und den Staat doch geographisch zu erhalten, bot die Regierung Hodscha den Sudetendeutschen die Autonomie an.

Das war aber schon zu spät.

Die Ereignisse nahmen den Tschechen die Initiative aus der Hand, wenn sie diese jemals besessen haben; der Bestand ihres Staates wurde als europäische Angelegenheit propagiert und eine Bereinigung durch Verhandlungen zwischen den vier Großmächten gefordert.

Die Zusammenkunft der vier Mächte Deutschland, Italien, Frankreich und Großbritannien in München am 29. September 1938 brachte das historisch umstrittene Münchener Abkommen, worin die deutschen Gebiete Böhmens und Mährens dem Deutschen Reiche zugesprochen, der Bestand der Rest-Tschechei aber von diesen vier Mächten garantiert wurde.

Das Wort des Sehers, daß die Freiheit, die die Herren von Prag dem anderen Volke zuwerfen wollen, zu spät kommt, hat sich in überstürzenden Ereignissen erfüllt. Jedes Wort ist eingetroffen, hinter allen Ereignissen steht eine unsichtbare Macht, ein unbekanntes Gesetz, welches über allen menschlichen Willen und Wünschen schwebt und notwendig erfüllt werden muß.

Zu diesen schicksalsvollen Sätzen aber dürfen wir nicht die Sätze vergessen, welche Mühlhiasl für dieselbe Zeit voraussagte. Im Satz 19 gibt er uns ein dramatisches Bild: *»Die Kleinen werden groß und die Großen werden klein«*. Man denkt da unwillkürlich an die gewaltigen sozialen Umschichtungen der Nachkriegszeit. Durch den Sturz der Dynastien wurden die Großen klein: Kaiser und Könige verließen ihr Land, sie zogen sich in ein mehr oder weniger bürgerliches Leben zurück, viele verarmten so, daß sie nur mit Mühe ihr Leben fristen konnten. Aber das gewaltige Anwachsen der Parteien brachte die Kleinen nach oben, der Parteipolitiker, der Parteiführer wurden große Leute, Parteifunktionäre saßen in Ministersesseln, während Fürsten sich als Arbeiter verdingen mußten.

Mühlhiasl wurde noch deutlicher: *»wenn aber der Kleine aufs hohe Roß kommt, dann kann ihn auch der Teufel nicht erreiten«*. Deutlicher kann eine Weissagung nicht gegeben werden, und sie steht ebenbürtig neben dem lapidaren Satze des blinden Jünglings *»Bis ein Mächtiger kommt«*. Der Kleine, der Gefreite des Ersten Weltkrieges, der hungernde, zerfahrene Zeichner aus Wien, der seine Nächte im Armenasyl verbringen mußte, war aufs *»hohe Roß«* gekommen; so nennt man gemeinhin einen, der entgegen seiner Bildung und ohne die erforderlichen Voraussetzungen zu besitzen eine hohe Stellung einnimmt. *». . . wird ihn auch der Teufel nicht erreiten . . .«* Erreiten steht hier für erreichen, aber es wird auch örtlich für aufhalten, hindern oder hemmen gebraucht. Alle Auslegungen des verschiedenen Sprachgebrauchs erhellen nur den Satz.

Nun sind für den blinden Seher die wichtigsten Kapitel der Geschichte seines Volkes und des Landes ausgesprochen. Er wendet sich einem großen Ereignis zu, um aus dem Konzept der Zukunft wieder das herauszulesen, was auf sein Volk zurückweisen könnte. Wieder befleißigt er sich einer Kürze, die bei der Größe des vorausgesagten Ereignisses erschreckend wirkt.

Satz 9: *Es kommt abermals ein großer Krieg zwischen allen Völkern der Erde.*

»Es kommt abermals . . .« Wieder jene Formulierung, welche auf eine kurze Entwicklungsdauer deutet. Es ist überraschend, wie unbeirrbar richtig der blinde Seher seine Worte wählt. Im 1. Satz eine undeutbare Zeit, ein Rätselwort, das jeder Deutung ausweicht. Noch im 2. Satz, als er die 600 Jahre voraus genauer beschreibt, sagt er: *»in einer Zeit . . .«* und weist damit in ferne Zukunft, diese durch die angeschlossenen Symptome genauer festlegend. Nun folgen die Jahre der Erfüllung Schlag auf Schlag: *»Dann werden . . .« »Es kommt abermals . . .«*

»Es kommt abermals ein großer Krieg . . .«, und hier macht der Seher eine Feststellung, die seiner Zeit ganz unglaublich erschienen sein mag: *». . . zwischen allen Völkern der Erde«.* Mit trockenen Worten prägt hier der blinde Seher 600 Jahre vorher die Bilder zweier Weltkriege als Ereignisse, wie sie nur dem 20. Jahrhundert aufgespart werden konnten und wie sie nach der Überwindung von Raum und Zeit durch die Technik nur in diesem Jahrhundert möglich waren. Es gab praktisch nur ganz wenig neutrale Staaten in den beiden Weltkriegen, sie waren im reinsten Sinne des Wortes *»Kriege zwischen allen Völkern der Erde«.*

Was zum Ersten Weltkrieg durch Intrigen slawischer Politiker und Diplomaten und gewinnsüchtiger Rüstungsmagnaten führte, das schwelte nach dem Krieg durch 20 Jahre in dem wahnwitzigen Vertrag von Versailles und den unzulänglichen Stückwerken von St. Germain und Locarno weiter und vergiftete die Hoffnung und die Zuversicht der Menschen und führte schließlich zwangsläufig zur Vorbereitung des Zweiten Weltkrieges, da ja die »Führer« und »Diplomaten« Kinder dieser Zeit waren und jede Zeit an ihren Männern zugrunde geht. Mehr noch als dem massenpsychologischen Genie Hitler und der fanatischen Gefolgschaft seiner Anhänger ist der schicksalhaften Zwangsläufigkeit der Ereignisse Aufmerksamkeit zu schenken. Was der blinde Seher über die Zwischenzeit der beiden Kriege gesagt hat und mit welcher Folgerichtigkeit er den zweiten Krieg voraussagte, das grenzt ans Wunderbare, wüßten wir nicht, daß es keine Wunder gibt. Es ist das seltene Phänomen einer exakt vorausschauenden Tätigkeit des Unterbewußtseins, was uns hier erschreckend entgegentritt, wie sie nur ganz selten in solcher Vollkommenheit erscheint.

Der blinde Jüngling verzeichnet in seiner Weissagung drei Kriege. Zwei davon nennt er *»große Kriege«*.

Bei keinem der vergangenen Kriege sagt er ein Wort über seine Länge, er erledigt den Ersten Weltkrieg mit einem lapidaren Satz, wogegen er der Nachkriegszeit schon vier Sätze und der Dauer des ersten tschechischen Staates gar sechs Sätze widmet. Aber auch den Zweiten Weltkrieg legt er in derselben Kürze und Präzision mit einem Satz fest und muß sich bei der Nachkriegszeit schon mit sieben Sätzen beschäftigen. Nicht die Kriege sind für ihn das Wesentlichste, sondern die Entwicklung, welche sich aus diesen Kriegen in seinem Lande und für sein Volk ergibt.

Trotz der Ähnlichkeit der beiden Weissagungen des blinden Jünglings und des Mühlhiasl, weicht der letztere in vielen Punkten scharf von den Visionen des blinden Jünglings ab. So macht er nach dem Ersten Weltkrieg, den er wie der tschechische Seher als *»großen Krieg«* bezeichnet hatte, eine vielfach auszulegende Feststellung *»Nachher gehts an!«* (Satz 21) *»Das große Aufräumen beginnt«*. Bis zum letzten Satz verwendet er nicht mehr das Wort Krieg. Auch die chronologische Folge setzt der Mühlhiasl nicht mit der Konsequenz des tschechischen Sehers fort; die Verworrenheit der Sätze 21 bis 29 ist auffällig, sie kann jedoch auch auf lässige Abschreiber zurückzuführen sein, wie ja die ganze Weissagung mit Fremdteilen durchsetzt ist und Lücken und Auslassungen aufweist. Die auffindbaren und durch Druckwerke überlieferten Weissagungen des Mühlhiasl zeigen immer dieselben Mängel, so daß es nicht gelingt, wie beim blinden Jüngling, durch gewissenhafte Vergleiche den ersten Wortlaut herauszuschälen.

Beide Seher verlieren kein Wort über die Schrecknisse der

Kriege, kein Wort über die entfesselten physikalischen Gewalten, deren sich der Mensch immer mehr an Stelle des Schwertes bedient. Auch in der Nachkriegszeit beider Kriege findet sich kein Wort über die furchtbaren Auswirkungen moderner Waffen. Während sich der blinde Seher der Politik und dem Schicksal seines Volkes und Landes zuwendet, beschreibt der Mühlhiasl aus seiner engen Welt heraus nur die Veränderungen seiner Umgebung.

Satz 10: *Deutschland wird ein großer Trümmerhaufen und nur die Gebiete der blauen Steine werden verschont bleiben.*

Was nach den verheerenden Bombenhageln während eines sechs Jahre währenden Luftkrieges von den deutschen Städten noch übrig blieb, zeichnet der Seher mit einem Satz. Man lasse doch die beiden Worte in ihrer tieferen Bedeutung an sich vorübergehen: Deutschland, das stolze Deutschland, das Großdeutsche Reich, groß wie nie zuvor, geeint wie nie zuvor, mit Perspektiven wie niemals vorher — mit seinen Städten, die jahrhundertealte Baukunst schufen, nach deutschem Wesen gebildet, und die Mittelpunkte politischen, wirtschaftlichen und künstlerischen Schaffens waren — dieses Deutschland ein Trümmerhaufen!

Gemäß unseres technischen und geistigen Fortschritts waren auch die Kriege »moderner« geworden und auch die Folgen verheerender. Alle großen Städte lagen entweder zum Teil oder ganz in Trümmern, viele kleine und kleinste Orte teilten dieses Schicksal, wenn sie das Pech hatten, in »kriegswichtigen« Zentren zu liegen. Um dieses Ausmaß der Zerstörung zu begreifen, aber auch das Bild des blinden Jünglings zu erfassen, muß man schon die Reste der Städte Berlin, Hamburg, Barmen, Essen, Köln, Dortmund, Hannover, Dresden, Plauen, Leipzig, Chemnitz und andere durchwandert haben. Das Grauen und der Abscheu vor dem, was uns hier ein »gottbegnadeter Führer« beschert hat, bleibt keinem erspart.

Der Begriff Krieg ist nicht mehr steigerungsfähig, mit dem Worte »totaler Krieg« haben wir nur eine Umschreibung für die Gepflogenheiten, auch zivile Mittel und Einrichtungen der kämpfenden Truppe unterzuordnen. Es ist bezeichnend, daß dieser Ausdruck von Diktatoren geprägt wurde, also von Abenteurern, welche im Krieg nicht das Mittel zur Änderung der unhaltbaren Lebensbedingungen ihres Volkes sehen und mit deren Erreichung eine Einstellung des Krieges anzustreben gewillt sind (siehe Bismarck), sondern denen Krieg nur das Mittel ist, ihre Macht zu behaupten, den Gegner zu vernichten (nicht nur zu besiegen) oder selbst mit allem zu Grunde zu gehen.

Wenn wir uns die beiden Bilder eines Deutschlands von 1938 und 1945 vor Augen führen, so erschrecken wir ob des krassen Unterschiedes. Wir müssen uns die Tatsache ins Gedächtnis zurückrufen, daß zwischen beiden Zuständen die letzte Phase des Lebens eines besessenen Menschen liegt, vielmehr eines menschlichen Phänomens: Hitler.

Die Bilanz dieses kometenhaften Lebens ist schließlich jener Trümmerhaufen, den der blinde Jüngling als Schlußpunkt des größten Völkerringens festhielt — einen Trümmerhaufen, unter dem auch der Herr Deutschlands, der Herr Europas als verkohlter Rest wieder ins Dunkle der Geschichte verschwand.

»Wenn aber der Kleine aufs hohe Roß kommt, dann kann ihn auch der Teufel nicht erreiten . . .«, sagt uns Mühlhiasl, als seine Gesichte ihm den *»Mächtigen«* zeigten. Wie recht er mit seinem Bilde hatte, können wir mit wenigen Zahlen beweisen:

Die deutschen Verluste im Zweiten Weltkrieg belaufen sich auf rund 6,6 Millionen Menschen durch Kriegseinwirkungen, Vertreibung und Verfolgung. 3,25 Millionen deutsche Soldaten sind gefallen und 3,3 Millionen Zivilisten kamen ums Leben.

Dies ist eine furchtbare Bilanz. Noch grauenvoller aber wird sie, wenn wir die Menschenverluste der ganzen Welt durch diesen Krieg ansehen. Danach kamen insgesamt 25 Millionen Soldaten aller Nationen ums Leben. Die Verluste der Sowjetunion werden allein auf fast 14 Millionen geschätzt, wozu noch 7 Millionen getöteter Zivilisten kommen; das kleine Polen hat insgesamt rund 6 Millionen Menschen verloren, Frankreich, Belgien, Holland und England haben zusammen 610 000 Soldaten und 700 000 Zivilisten verloren.

Dazu kommen noch — und das ist eine nur dem 20. Jahrhundert vorbehaltene Erscheinung — fast 7 Millionen Menschen, zum Großteil Juden, welche aus einem fanatischen Rassenhaß und einer hysterischen Unduldsamkeit gegen andere Weltanschauungen in ungezählten Konzentrationslagern zu Tode gemartert, vergast und verbrannt wurden.

Dazu kommen noch Zehntausende zerstörter Städte, in die Millionen zählende zerstörte Wohnungen, vernichtetes Eigentum, vernichtete Existenzen, eine Schuldenlast, die Generationen nicht abtragen, ein moralischer Verlust, den erst hundert Jahre guter Wille und tätiger Hilfe wieder wettmachen könnten.

Wie treffend hat doch der Mühlhiasl die Wirkung des *»Kleinen«*, der *»aufs hohe Roß kam«* gekennzeichnet: der Teufel könnte ihn nicht darin erreichen.

Eine andere Seite dieser Bilanz rechnet uns die Ausbreitung des Bolschewismus vor: die Grenze Rußlands, einst am Ural und am Don und Dnjepr, liegt heute an der Elbe und dem Böhmerwald. Was das für den Bestand der abendländischen Kultur bedeutet, zeigt sich heute schon, wird sich in späteren Jahren in erschreckender Form manifestieren.

Karl Marx, der sozialistische Theoretiker, der Heilige in der Sowjetunion, warnte Europa schon 1860 vor Rußland; er warnte aber insbesondere die Tschechen vor ihrem Wahn, in Rußland das Land ihrer »Zukunft« zu sehen. Er schrieb 1860: »Böhmen liegt mitten in Deutschland — *wenn Böhmen russisch würde, wäre die Teilung Deutschlands fertig . . .«* Marx sah die Gefahr für Europa, wenn sich Rußland erst einmal an den Grenzen Deutschlands befände; was würde er heute wohl sagen? Es ist kein Zweifel, wir leben im Jahrhundert der Entscheidungen: entweder Europa versinkt im bolschewistischen Chaos und die abendländische Kultur ist damit zu Ende, oder — aber es gibt kein *oder* mehr: der blinde Seher hat uns das Verhängnis klar und deutlich beschrieben . . .

Der zweite Teil des Satzes *». . . nur die Gebiete der blauen Steine werden verschont bleiben«*, ist nach unseren Anschauungen fast undeutbar. Der Basalt, ein bläulich wirkendes Gestein, der in Teilen des Sudetengebirges vorkommt, ist seiner Verbreitung nach auch in zerstörten Gebieten zu finden, dort, wo er massiert auftritt, in einem Teil der italienischen Alpen, sind schwerste Zerstörungen zu verzeichnen. Der Schiefer, als blauer Stein angesehen, bringt auch keine Erklärung, denn seine Verbreitung in massierten Lagerungen sind Kriegsgebiete gewesen (Rheinlauf und italienisch-französische Grenze). Das Bild des Sehers bleibt undurchsichtig und es ist anzunehmen, daß hinter der Bezeichnung *»blau«* eine symbolische Eigenart der Steine gemeint ist, oder der Ausdruck ist durch Überschreiber geändert worden. Da jedoch diese Formulierung in den meisten Abschriften vorkommt, so haben auch wir sie hier stehen gelassen.

In den Voraussagen des in der Einleitung erwähnten Sehers Adam Müller finden wir übrigens eine ähnliche Formulierung; er sagte voraus, daß im Kriege 1814 (Schlacht bei Waterloo) die Gegend um Mannheim und Heidelberg verschont bleiben werde. Und gerade dort vermuteten die Generalstäbe der Verbündeten eine militärische Aktivität Napoleons, da es als von jeder Verteidigung entblößtes Gebiet für den Korsen eine gewisse Verlockung barg. Aber es kam so, wie es Adam Müller vorausgesehen hatte: das Gebiet blieb verschont.

Satz 11: *Der große Krieg wird zu Ende gehen, wenn die Kirschen blühen.*

Am 5. Mai 1945, nachdem sich die beiden Fronten Ost und West an verschiedenen Orten schon berührten, wurde die bedingungslose Kapitulation der deutschen Streitkräfte verkündet. Gerade im Jahr 1945 standen zu dieser Zeit die Kirschen in allen Ländern in höchster Blüte. Der Seher hatte also 600 Jahre zuvor schon ein klares Bild der äußeren Umstände, unter denen der *»große Krieg«* zu Ende gehen würde. Nicht seine Länge konnte er aussprechen, Zahlen waren ihm unkenntlich — aber die äußeren Umstände sah er im Geiste. Noch deutlicher wird das Bild werden, wenn wir die weiteren Sätze 12 und 13 dazu betrachten, dann wird uns klar, daß hier die Erfüllung seiner Weissagung an die Kirschen, an ein markantes äußeres Bild gebunden war, sogar über die Blüte hinaus, die Reife und Ernte. Das besagt aber nur, weil die Kirsche die einzige Frucht ist, die in dieser Jahreszeit blüht, und die am raschesten reift und geerntet wird, daß alle Ereignisse rasch hintereinander eintreffen sollen. Nicht mehr vorausweisende Worte, wie *»In einer Zeit ...«* oder *»Dann . . .«* oder *»Bis . . .«*, sondern klar und einfach, *»Wenn die Kirschen blühen . . .«* oder weiter *»Solange die Kirschen reifen . . .«* oder zuletzt: *»Wenn die Kirschen geerntet sind . . .«*

Eine derart sich wiederholende Bilderfolge gebraucht der Seher nicht mehr, eine so rasch aufeinanderfolgende Erfüllung deutet er nicht mehr an. Eine inhaltsschwerere Weissagung wie diese hat es für zwei Völker in einem Lande (die Tschechen und die Deutschen) noch nie gegeben. Nicht das Schicksal Deutschlands steht dem blinden Seher vor Augen, sondern schon die Vorgänge in seinem Lande. Denn er fühlt es — transzendental — jetzt erfüllt sich das Schicksal seines Volkes, jetzt ist die große Stunde da, in welcher die Weltgeschichte über ein kleines Volk, die Sudetendeutschen, hinweggeht, in deren Verlauf aber auch die Tschechen ihr vorausbestimmtes Schicksal erleiden werden.

Satz 12: *Solange die Kirschen reifen, möchte ich kein Deutscher sein.*

Das ist ein Bild von seherischer Kraft und Einfachheit, wie sie solchen Volkspropheten nur selten gelingen, es ist eine vorsichtige Umschreibung des Grauens, das er wohl mit seinen blinden Augen irgendwo sah, hervorgebracht durch die zusammengedrängten und von äußeren Einflüssen geschützten Kräfte des

Unterbewußtseins, und es trifft die Ereignisse im böhmisch-mährischen Raume nach der Kapitulation mit haargenauer Schärfe. Nur wer diese schicksalsschweren Wochen nach dem April 1945 in jenem Raum erlebt hat, den Einbruch der sowjetischen Panzerhorden, die Durchführung jener in Teheran und Yalta vorbereiteten Austreibung aller Deutschen durch die Tschechen mitgemacht hat, kann ihren blutigen Verlauf und das fernere Schicksal Böhmens ganz verstehen.

In allen bisherigen Sätzen hat es der Seher vermieden, den politischen und kulturellen Rivalen im Vaterlande zu nennen: er sagt wohl im 3. Satz, *»daß der böhmische Löwe nicht mehr untertan sein wird«*, läßt aber die Frage offen, wem untertan? Weiteres stellt er im 4. Satz fest, *»daß zwei Völker in Böhmen leben werden«*, ohne das zweite Volk bei seiner Nationalität zu benennen. Auch im 6. Satz spricht er von diesem zweiten Volke, und zwar als Gegensatz zum »Herrschervolke«: *»es wird dem anderen nach dem Leben trachten und ihm keine Freiheit gönnen . . .«* Im 8. Satz werden *»die Herren von Prag dem zweiten Volke die Freiheit zuwerfen«*. Erst im 12. Satz spricht er klar aus, um wen es sich handelt, denn da sieht er das Unheil über das zweite Volk hereinbrechen, so furchtbar, daß sich das Grauen davor zu einem Wunsche verdichtet: *». . . dann möchte ich kein Deutscher sein.«*

Um das Schicksal der Deutschen in der Tschechoslowakei zu verstehen, muß man sich noch einmal die Geschichte der Tschechen vergegenwärtigen: sie kamen als Nomaden ins Land, nachdem es die lange vorher ansässigen Deutschen verlassen hatten; sie lebten niemals in einem unabhängigen Staate eigener Nation, sondern immer in einem Untertanenverhältnis zu den deutschen und österreichischen Herrschern, und das durch viele hundert Jahre. Am Beispiel der weit überlegenen Deutschen entwickelt, formte sich ihr Nationalgefühl im Schatten deutscher Oberhoheit und wurde von Anfang an belastet durch die charakterlichen und ethnischen Unterschiede zu den Deutschen. Als es ihren Unabhängigheitsbestrebungen endlich gelang, die letzte Oberhoheit, das Habsburger Haus zu zerstören, verloren sie jedes Maß im Zusammenleben mit den älteren deutschen Einwohnern. Das was sie an der österreichisch-ungarischen Monarchie auszusetzen hatten, daß sie nämlich als Vielvölkerstaat im 20. Jahrhundert keine Existenzberechtigung mehr hatte und jedes Volk seine Eigenständigkeit und ihre Form (nach Wilson) selbst bestimmen könnte, das praktizierten sie im eigenen Staate in einer noch krasseren Form. Der Widerstand der Deutschen, die gegen ihren Willen in den neuen tschechischen Staat gepreßt waren, stachelte sie zu immer drastischeren Maßnahmen an, ihrem Staate ein rein tschechisches Aussehen zu geben. Die Maßnahmen sind im Kommentar zum 6. Satz bereits erwähnt worden.

Dann kam Hitler, der in seiner Machtgier den kleinen Staat einfach zerschlug und einen lebensunfähigen Reststaat übrig ließ, den er ein halbes Jahr später über alle Vereinbarungen hinweg mit Gewalt okkupierte und zum »Protektorat« unseligen Andenkens machte. Die neue deutsche Oberherrschaft mußte den Haß des tschechischen Volkes aufs höchste steigern. Sechs Jahre Protektorat mit allen Überheblichkeiten der hitlerschen Statthalter machten das Maß voll.

Im Mai 1945 brach das Dritte Reich unter den Schlägen der Invasionsarmeen zusammen, die Tschechen erlangten, ohne eigenes Verdienst, wieder ihre Selbständigkeit. Aller aufgespeicherte Haß entlud sich nun spontan gegen die Deutschen im eigenen Lande.

Präsident Benesch gab gleich zum Beginn die eindeutige Losung: »Wehe, wehe, dreimal wehe den Deutschen, wir werden sie liquidieren!« »Nehmt den Deutschen alles bis auf ein Taschentuch, in das sie weinen können!«

Über die Sender Prag und Brünn erging tagelang die Aufforderung: »Tod allen Deutschen! Erschlagt alle Deutschen!«

Was in der Geschichte des sudetendeutschen Volkes an menschlichem Leid und Qual steht, läßt sich weder in Worten noch Zahlen feststellen; die Passion eines Volkes, das zu den fleißigsten und fähigsten der abendländischen Kultur gehört, das aber nie nach seinen eigenen Wünschen oder Wollen gefragt wurde, sondern immer nur Spielball zwischen den machtlüsternen Tschechen und den europäischen Gleichgewichtspolitikern war.

In diesen Wochen und Monaten des Jahres 1945 brach die größte Prüfung über das kleine Volk herein; in Hunderten von Elendszügen über die Grenze gepeitscht, in das zerstückelte zerbombte Deutschland des Jahres 1945, das selbst über das zumutbare Maß hinaus durch Krieg und Greuel erschüttert und durch den deutschen Bettelfaschismus ausgepumpt und in seinen Idealen vergiftet war, dessen Begeisterung mißbraucht und seine Volkssubstanz auf den Schlachtfeldern eines wahnsinnigen Krieges für eine Handvoll Verbrecher verblutet war — hineingepeitscht in dieses Deutschland, vegetierte es hier Wochen und Monate als lavierendes Element, immer schwankend zwischen den naheliegenden Extremen, welche sich an die untersten Instinkte der Besitzlosen wendeten, abgestoßen von der einheimischen Bevölkerung, ohne inneren organisatorischen Halt, ohne Hoffnung auf eine Rückkehr oder Gerechtigkeit.

Sah der blinde Seher diese Orgie von Blut und Tränen und menschlicher Verirrungen? Das Grauen schüttelte ihn wohl vor dem Kaiser, als er die Worte hervorstieß: *»dann möchte ich kein Deutscher sein«.*

Der interessierte Leser kann sich über Einzelheiten der Vorgänge des Jahres 1945 im böhmisch-mährischen Raume durch das sudetendeutsche Weißbuch: »Dokumente zur Austreibung der Sudetendeutschen« orientieren (herausgegeben von der »Arbeitsgemeinschaft zur Wahrung sudetendeutscher Interessen«, Europa-Buchhandlung, München).

Satz 13: *Wenn aber die Kirschen geerntet sind, dann möchte ich kein Tscheche sein.*

Es ist der dritte Satz des Kirschenbildes, welches eine rasch hintereinander folgende Reihe von Ereignissen kennzeichnet. Und es ist der Satz, der nach dem Schrecken des zweiten Satzes wie lähmend auf die Tschechen wirken mußte.

Bei der Betrachtung dieser Phänomene dürfen wir nicht an starren Deutungen hängen bleiben, die etwa die Erfüllung des Satzes 13 auf eine Zeit unmittelbar nach der Ernte der Kirschen des Jahres 1945 erwartete. Auf die Kirschenblüte mußte notwendig auch die Reife folgen und diese Zeit ist scharf begrenzt. Aber die Zeit »wenn die Kirschen geerntet sind . . .«, also nicht, wenn die Kirschen geerntet *»werden«*, deutet auf alle Zeit nach der Ernte der Kirschen im Jahre 1945 hin, also kann seine Erfüllung ein oder zehn oder fünfzig Jahre dauern. Die Dauer läßt der Seher wieder unbestimmt und unbestimmbar. Aber nach der Kirschenernte schreitet das Verhängnis unerbittlich seiner Erfüllung zu.

Lesen wir doch einmal die Sätze von 1 bis 13. Welcher Stolz und welche Zuversicht sprechen noch aus der Weissagung des ersten selbständigen tschechischen Staates, welcher Stolz allein aus dem Satz: *»Der böhmische Löwe wird nicht mehr untertan sein . . .«* Aber dieser Stolz verfärbt sich schon im Satz 6 zur Kritik und zum Unwillen über das *»Herrschervolk«* und wird zur Drohung im Satz 7, ja sogar zur Genugtuung im Satz 8 über die Unfähigkeit der *»Herren von Prag«*. Von jetzt aber, ab Satz 9, beginnen die inneren Gesichte den Seher zu quälen, er sieht das Verhängnis nahen, über Böhmen, über Deutschland, über Europa; sie drücken ihn nieder, er möchte sie los sein, *»möchte ich kein Deutscher sein . . .«* War es Mitleid oder war es tschechische Genugtuung, wer weiß es; der Tiefpunkt seiner inneren Qual aber ist noch nicht erreicht, er geht über Satz 13 hinaus noch weiter abwärts bis zu jenem kurzen qualvoll geborenen Satz, aus dem sich der Untergang seines Volkes und Landes erfüllen soll.

Hinter der Katastrophe, die über die Deutschen hereinbrechen sollte, sieht der Seher eine weit größere; seine Worte zeigen eine Steigerung und eine Drohung an, die uns die ganze Tragik des tschechischen Volkes erst ahnen läßt. *»Wenn aber . . . dann . . .«* Wieder flieht der Seher die schrecklichen Ereignisse, er möchte nicht dabei sein, *»dann möchte ich kein Tscheche sein!«*

Satz 14: *Zweimal wird das Böhmerland gesiebt werden: das erste Mal bleiben nur noch so viele Deutsche, wie unter einer Eiche Platz haben.*

Für das große Ereignis des zweiten »großen Krieges« genügen dem Seher zwei Sätze, aber für die nachfolgende Zeit braucht er schon sechs inhaltsschwere Sätze. Er mißt immer den Vorgängen nach den Kriegen größere Bedeutung bei, als dem Kriege selbst, was der passiven Rolle, die die Tschechen in den beiden Kriegen gespielt haben, durchaus entspricht.

Wieder braucht der Seher ein Bild, das treffend aus dem engen Kreis seines Lebens gewählt ist und doch die Situation mit aller Schärfe trifft. Es liegt ein tieferer Sinn darin, daß gerade vom »sieben« gesprochen wird, es liegt die ganze Tragik der noch zurückgebliebenen Deutschen in der ČSR in dem Bild. Es ist erschütternd, wie der Seher unser Schicksal sieht, wie Körner in einem Sieb durcheinandergeschüttelt, und viele, viele fallen durch die weiten Maschen des Siebes. Aber nicht alle fallen durch, etwas bleibt im Sieb zurück; es soll etwas zurückbleiben, denn sonst braucht man ja nicht zu sieben, sondern könnte alles wegwerfen. Aber was da zurückblieb, was durch die weiten Maschen des Terrors, des Hasses, der Rachsucht und der unerbittlichen Austreibung hindurchfiel, das würde noch sehr schwere Bürde zu tragen haben. 134 000 Deutsche waren nach 1945 in der ČSR verblieben, verstreut über das ganze Staatsgebiet, versklavt, zu Parias degradiert und unter Verhältnissen lebend, unter denen kaum je ein Tscheche unter deutscher oder österreichischer Oberhoheit gelebt hat. Und dann kommt ja die Ergänzung der Vivison — so viele würden zurückbleiben, wie unter einer Eiche Platz haben; besser konnte der Seher die heutigen Verhältnisse nicht mehr präzisieren, es sind fast gemeißelte Worte, fast biblische Sätze, in die er seine Gesichte prägt. Er nennt keine Zahlen, er überläßt es den Gläubigen, das Bild am Tage der Erfüllung zu erkennen und zu ergänzen. Zählen wir die zurückgebliebenen Deutschen einer deutschen Stadt zusammen, so werden sie wohl unter einer Eiche Platz haben.

(Am 27. Oktober 1968 wurden durch die tschechoslowakische Nationalversammlung den verbliebenen Deutschen in beiden Ländern [Böhmen und Slowakei] die vollen Bürgerrechte wiedergegeben — 23 Jahre nach der Entrechtung. Vielleicht ein vielversprechender Anfang zu demokratischer Rückbesinnung, jedenfalls eine Geste, welche von den Deutschen begrüßt, von den Tschechen jedoch kaum in der Praxis beachtet wird.)

Aber noch müssen wir bei dem Bilde beharren: *»sie werden unter einer Eiche Platz haben«* — ist es nicht, als ob der Seher da auf eigenartige Weise auf das unzerstörbare Volksbewußtsein der zurückgebliebenen Deutschen hinweisen wollte?

Der Seher wählte bewußt den Baum der Deutschen, um anzudeuten, daß trotz aller Leiden und Vereinsamung, trotz Knechtschaft und Vernichtung die wenigen Deutschen ihr Volkstum bewahren werden und sich wieder, weil es keine andere Möglichkeit geben wird, unter freiem Himmel, unter einem Baume zusammenfinden werden. Das Bild ist so sinnvoll gewählt, daß wir erstaunen müssen über die Gedankenfülle, die der blinde Seher in einem scheinbar simplen Satz geprägt hat.

Daß der blinde Jüngling, nachdem er im Satz 13 schon über die Tragödie der Deutschen zum Schicksal seines eigenen Volkes übergegangen war, noch einmal auf die Deutschen zurückkommt, wirkt im Augenblick befremdend. Liegt hier eine Verschiebung der Sätze durch spätere Abschreiber vor oder ist hier durch eine Zwischenfrage nach dem Schicksal der Deutschen durch den Kaiser eine Wiederholung notwendig gewesen — wir wissen es nicht. Wahrscheinlich sind die inneren Gesichte so quälend, vielleicht kehren die erschreckenden Bilder in den Visionen immer wieder zurück, so daß er sich gedrängt fühlt, seinen Gesichten präziseren Ausdruck zu verleihen — jedenfalls ist ihm das Ereignis wichtig genug, noch einmal darauf zurückzukommen. Hier handelt es sich ja nicht mehr um die schon gesehene Katastrophe, hier geht es um das Wie und Was als Ursache für das spätere Schicksal der Tschechen. Und wirklich ist der Satz verständlicher, wenn wir in den späteren Sätzen das Ereignis im Hintergrund noch einmal aufleuchten sehen.

Satz 15: *Wieder wird der tschechische Löwe über Böhmen herrschen, aber sein Glanz ist zu Ende.*

»*Wieder herrschen . . .*« Er hatte also aufgehört zu herrschen und kommt nun wieder zum Herrschen. Die Hacha-Regierung war nicht als selbständige Regierung anzusehen. Die erste selbständige Republik ist, als sie sich und ihre beschworenen Grundsätze verteidigen sollte, kampflos zu Grunde gegangen. Aber nun wird der tschechische Löwe wieder herrschen. Man beachte die immer wiederkehrende betonte Härte in der Form tschechischer Selbständigkeit. Die Tschechen können und wollen nur herrschen; der blinde Seher läßt keinen Zweifel darüber, wie ihre jeweilige Selbständigkeit aussehen kann.

»*. . . aber sein Glanz ist zu Ende.*« Darin liegt eine tiefe und bittere Wahrheit. Die zwanzig Jahre Selbständigkeit von 1918 bis 1938 waren in gewissem Sinne — aus tschechischer Schau! — eine Glanzzeit ihrer Geschichte. Nach ihr wird also keine neue Glanzzeit kommen, obwohl der tschechische Löwe wieder »*herrschen*« wird. Die neue Selbständigkeit, nach dem Zusammenbruch des Hitlerreiches war nur wenige Wochen eine wirkliche Selbständigkeit. Sie wurde gar bald von den Sowjets bevormundet und in das verwandelt, was der blinde Seher voraussah: eine Herrschaft ohne Glanz, ohne Ansehen. Als sowjetischer Satellit verlor die tschechische Nation in der Welt ihr Gesicht, ihr Ansehen und ihren Kredit.

Wollten wir die Worte des blinden Sehers bis in die letzten Konsequenzen verfolgen, so dürfte die tschechische Geschichte mit dieser Herrschaft ohne Glanz überhaupt zu Ende sein. Die weiteren Sätze werden es verblüffend bestätigen.

Satz 16: *In Böhmen wird nur noch ein Volk leben.*

Aller Stolz ist dahin, alles Bewußtsein kommender Größe und höherer Kultursendung ist geschwunden. Es wird nur noch ein Volk in Böhmen leben; nicht mehr herrschen, nur noch leben.

Gerade noch leben. Ein deutliches Bedauern klingt aus den Worten »... *nur noch* ...« Kein stolzes Aufbäumen der Volksseele über den endlich erreichten Zustand, dem Traumbild vieler Jahrhunderte — so vollkommen wie noch nie erreicht, nein, keine Herrschaft mehr, nur ein bescheidenes *»nur noch leben ...«*

Wenn wir uns die Rolle des tschechischen Volkes im Verbande der sowjetischen Staaten betrachten, so können wir wohl ermessen, daß der erlangte Zustand im krassen Gegensatz zu dem steht, was den Tschechen im vergangenen Jahrhundert als selbständiger Staat vorgeschwebt hatte. Die Herrschaft der Habsburger haben sie mit einem heraufbeschworenen Krieg abgeschüttelt und die weit schwerere Herrschaft der Sowjets dafür eingetauscht. Ihre kulturelle und politische Entwicklung ist nach kaum zwanzig Jahren einer sehr fragwürdigen Selbständigkeit durch Hitler und ihre eigene unfähige Politik unterbrochen worden und hat unter den Sowjets nunmehr noch weniger Möglichkeiten, sich zu vervollkommnen. Es scheint nach den weiteren Sätzen des Sehers für die Zukunft, als ob eine Befreiung der Tschechen aus dieser neuen Untertänigkeit nicht mehr möglich wäre.

Zur Zeit der Drucklegung dieser Schrift war die Erfüllung der ganzen Weissagung bis zum Satz 16 leicht zu verfolgen. Die weiteren Sätze betreffen unsere nähere oder fernere — wer weiß es? — Zukunft und es ist nach all dem Gesagten sehr schwer, schon heute gültige Schlüsse aus den knappen Sätzen für unser späteres Schicksal zu ziehen. Besondere Merkmale und die Erfahrung, welche wir aus den vergangenen Sätzen gesammelt haben, versetzen uns in die Lage, noch einige brauchbare Schlüsse zu finden. Kennzeichnend für alle weiteren Sätze ist der stark gedrückte Ton, die stille Resignation, welche aus ihren Formulierungen spricht. Es gibt demnach keinen Aufschwung mehr in der Geschichte der Tschechen; nach dem Satz 20 erwähnt der Seher sein Volk überhaupt nicht mehr. Es folgen nur noch Feststellungen über gewaltige politische Ereignisse, die das Gesicht Europas verändern werden und auf den Mittelpunkt der beiden Gesprächspartner (des Sehers und Kaiser Karls IV.), nämlich auf Prag zustreben. Aus einer alle bisherigen Ausmaße überschreitenden Katastrophe leitet der Seher den Untergang seines Volkes her. Es ist fast so, als ob es der Seher in innerer Qual weiterhin vermied, vom fernen Schicksal der Tschechen zu sprechen. Es gibt scheinbar kein Entrinnen mehr, alles geschieht notwendig und schicksalsbedingt aus Ursachen, die sehr weit zurückliegen.

Wieder bedient sich der Seher der gleichen ungenauen Bilder wie im ersten Teil und gibt keine Zeichen an. Es können zwischen den Ereignissen Jahre oder Jahrzehnte oder gar Jahrhunderte liegen — wir wissen es nicht, aber die Katastrophe kommt, und sie betrifft nicht mehr sein Volk, sondern Europa.

Nun konzentrieren sich seine Gesichte auf Prag, auf den damaligen Mittelpunkt tschechischen Denkens, auf die Stadt, in der er soeben vor der höchsten Persönlichkeit seiner Zeit stand. Die ganze Weissagung endet mit einer Katastrophe, deren Ausmaß wir zwar mit unserem technischen Wissen vorausahnen können, aber über deren Ablauf und Ursachen wir noch keine Anzeichen sehen. Sie klingt aus mit einer Verheißung einer besseren Zeit für alle »Übriggebliebenen«.

Es liegt im Wesen von Voraussagungen, daß ihr Eintreffen selten durch unmittelbare Anzeichen zu erkennen ist, — vielmehr ist von Zeit zu Zeit eine Überprüfung der angenommenen Anzeichen notwendig, um Veränderungen in der Geschichte nach angenommenen Fehleinsichten durchzuforschen, die für einen früheren Zeitpunkt als gegebenes Zeichen gewertet worden waren. An den Sätzen der Weissagungen ändert sich dabei nichts, nur die Unzulänglichkeit unseres Denkens und die vorschnelle Festlegung eines ähnlichen Anzeichens auf einen vorausdeutenden Satz wird erkennbar und zwingt uns, aus den Veränderungen der Welt und in der Geschichte der Menschen die Sätze wieder neu zu deuten. Wir kommen im Verlaufe der nächsten Sätze noch einige Male darauf zurück.

II. Die Zukunft

Ich preise Dich, Vater, daß Du solches den Weisen und Klugen verborgen hast und hast es den Unmündigen offenbart. Matth. 11, 25

Satz 17: *Ein neuer Krieg wird ausbrechen, dieser wird der kürzeste sein.*

Hier weicht der Seher plötzlich auffällig von seiner früheren Ausdrucksweise ab. Bisher waren es *»große«* Kriege, nun heißt es aber *»ein neuer Krieg«*. Bezieht sich nun das *»neue«* im Sinne von *»abermals«* oder betrifft es die *»neue«* Form des Krieges? Hätte der Seher jedoch dem Sinne nach *»abermals«* sagen wollen oder müssen, so hätte er es getan, denn Wiederholungen gleicher Anfänge und Worte sind in der Weissagung häufig. Hier handelt es sich wirklich um einen *»neuen«* Krieg. Es ist daran kein Zweifel, daß sich ein nächster Krieg mit ganz anderen Mitteln und unter ganz anderen Bedingungen abspielen wird als die bisherigen. Dies im Sinne einer Steigerung der Wirkung von anonymen Waffen, deren Vernichtungskraft alle bisherigen Erfahrungen in den Schatten stellen wird.

Bisher hatte sich der Seher auch bei beiden *»großen«* Kriegen *»zwischen allen Völkern der Erde«* nicht auf ihre Länge festgelegt; er brauchte nur Andeutungen und Zeichen, wann sie zu Ende sein werden. Der *»neue Krieg«* aber wird sofort in seiner Länge fixiert, er wird der *»kürzeste«* sein. Wird es demnach kein Krieg mehr zwischen *»allen Völkern der Erde«?* Kein Weltkrieg mehr, sondern nur ein neuer Krieg?

Das politische Denken hat sich aus der Enge staatlicher Grenzen, welche jeweils ein beherrschtes Gebiet einer bestimmten Dynastie umfaßt, hinaus bewegt auf ein Denken in Interessensphären, zwischen denen die Staatsgrenzen nur noch ideellen oder historischen Wert haben. Es geht bei allen Auseinandersetzungen des 20. Jahrhunderts nicht mehr um Verschiebung der Staatsgrenzen oder die Unterjochung fremder Völker aus staatsegoistischen Gründen, sondern es geht hier nur noch um Lebensinteressen ganzer Gruppen von Völkern. Daß wir im Augenblick in einer Entwicklungsphase stehen, die auch die einzelnen Völker — trotz ihrer Unterscheidungen durch Sprache und Kultur und Alter — dem Interessenanspruch höher gearteter oder organisierter Gruppen einverleibt, ist nach all den Vorgängen der letzten Jahre nach dem Zweiten Weltkrieg nicht mehr zu leugnen.

Die Bemühungen um ein geeintes Europa, die Vorherrschaft Amerikas in einem alle westlichen Völker umfassenden Verteidigungspakt, die feste Bindung der Oststaaten an den östlichen größeren Machtfaktor zeigen blitzhaft jene noch übriggebliebenen größeren politischen und wirtschaftlichen Organisationen an, in denen allen übrigen Völkern und Staaten nur noch mechanische Funktionen zugedacht sind. Noch sind wir nicht so weit, aber wir schreiten unaufhaltsam auf diesen Status zu. Was die letzten bestehenden Dynastien und die Führer der Demokratien heute noch als Souveränität verteidigen, bevor sie sich entschließen, ihre Einzelinteressen einer notwendig gewordenen größeren zu opfern, wird eines Tages durch die Not der Stunde weggewischt werden und danach als lächerliche Episode in der Weltgeschichte verbleiben. Daß der Bolschewismus mit seiner Gewaltpolitik der westlichen Welt jetzt noch überlegen ist, sollen wir nicht übersehen, ist aber keineswegs ein Grund, die eingeleiteten Bemühungen hoffnungslos aufzugeben, sondern diese zu intensivieren.

Es ist heute unter Einsichtigen nicht mehr die Frage nach dem »Ob«, sondern nach dem »Wann« des Zusammenstoßes der großen Mächte. Der blinde Seher hat die ganze Zeit ganz einfach übersprungen und uns klipp und klar gesagt, daß *»ein neuer Krieg ausbrechen wird«*. Daß es einer Entwicklung bis zu diesem Stadium brauchte, das war in seinen Gesichten nicht primär zu erkennen, sondern nur das Resultat stand ihm vor Augen.

Der *»neue Krieg«* entsteht nicht, wie der Erste Weltkrieg, er *»kommt«* auch nicht wie der Zweite Weltkrieg, er wird *»ausbrechen«*, das heißt, nach den Erfahrungen der beiden Weltkriege, ganz unerwartet über uns hereinbrechen, ohne viele vorherige allgemein erkennbare Anzeichen. Der Erste Weltkrieg ist an einem Fürstenmord, der Zweite erinnerungsmäßig gebunden, der dritte aber hat keine Beziehungen mehr zu irgendeinem Zeichen oder einer Notwendigkeit, er wird *»ausbrechen«*.

Lassen wir wieder einmal den bayerischen Mühlhiasl zu Worte kommen. Er verweilt schon etwas länger bei der Zeit zwischen dem Zweiten und letzten Krieg des Jahrhunderts, ja bei ihm gibt's gar keine Unterbrechung, wie Waffenstillstand oder Frieden — es geht ununterbrochen fort. Wenn wir unsere heutigen Zustände betrachten, so können wir auch nicht behaupten, daß Friede in Europa oder auf der ganzen Welt wäre. Der Kriegszustand dauert fort, er ist nur in seinen Zielen und Schwerpunkten verlagert, die Gegner haben gewechselt. Die internationale Spannung ist heute größer als damals, *»als der Kleine auf's hohe Roß kam«*, also 1933.

Der Mühlhiasl verwendet für die Zeit zwischen den Kriegen fünf Sätze, die freilich nicht chronologisch richtig gesagt werden, sondern immer einer vor den anderen greift.

Sein Satz 28 *»das große Aufräumen geht richtig an«* wird wieder abgeschwächt durch das geheimnisvolle Andeuten im Satz 29: *»Aber es wird noch ein strenger Herr kommen«* und den Sätzen 30, 31 und 32, in den über die Wirkungen dieses strengen Herrn gesprochen wird.

Im Satz 33 macht der Mühlhiasl eine Feststellung, welche uns aufhorchen läßt: *»Aber es währt nicht lange — in einer Nacht wirds geschehen . . .«* Die frappante Ähnlichkeit mit dem *»dieser wird der kürzeste sein . . .«* in Verbindung mit allem unseren Wissen über die technischen Möglichkeiten eines zukünftigen Krieges sind in auffallender Übereinstimmung.

Der bayerische Brunnenbauer Irlmeier sah etwas ähnliches, daß es nämlich über Nacht losgehen würde und sehr rasch ginge. Er macht Andeutungen von drei Strichen, die er aber nicht erklären könne, es könnten drei Tage, drei Wochen oder auch drei Jahre sein.

Eine amerikanische Zeitung, die »U.S. News and World Report« brachte im September 1950 einen Artikel eines amerikanischen Militär-Sachverständigen für den »Tag X«:

»Am Tage X um 5 Uhr morgens starten russische Truppen, um Berlin, Westdeutschland, Jugoslawien oder den Vorderen Orient zu überrennen. Im Verlaufe des gleichen Tages ereignet sich darauf folgendes: Um 8.30 Uhr belegen amerikanische Flugzeuge, die von Flugzeugträgern im Mittelmeer oder von den amerikanischen Flugbasen in Saudi-Arabien aus operieren, die Industriestädte in Südrußland und am Kaukasus mit Atombomben. Die Kohle-, Stahl- und Ölzentren nördlich und östlich des Schwarzen Meeres werden damit in Schutt und Asche gelegt.

Um 10.30 Uhr werden in England stationierte B-36- und B-29-Bomber über eine Strecke von 5½ Flugstunden die im Gebiet von Moskau liegenden wichtigsten Maschinenfabriken erreichen. Der in England bereitgestellte Vorrat an Atombomben würde genügen, das Ende der russischen Hauptstadt zu besiegeln.

Um 17 Uhr, also noch immer bei Tageslicht, würde die amerikanische Luftwaffe im Doppelangriff von England und Alaska aus die entferntesten Industriezentren der Sowjetunion erreichen; denn auch die nördlich der Mongolei gelegenen, die Uralindustrie ergänzenden Zentren der Waffenproduktion und der Schwerindustrie sind von England wie von Alaska nicht weiter als 12 Flugstunden entfernt ...«

So also würde sich — ungefähr — der *»neue«* Krieg gestalten. Daß es sich hier nicht um eine Übertreibung des Tempos handelt, beweist das Datum der Meldung, da mit Veröffentlichung dieser wohl als abschreckende Drohung aufzufassenden Darstellung die Entwicklung der modernen Waffen schon sprunghaft aufwärts getrieben wurde und in den amerikanischen Werken und Laboratorien außerdem Dinge vorbereitet werden, von denen sich noch niemand eine Vorstellung machen kann.

Die Vorräte Amerikas oder der UdSSR an Atom- und Wasserstoffbomben sind heute nicht mehr abzuschätzen — sie werden auch nicht mehr durch ihre Zahl, sondern durch ihre vervielfachte Wirkung bewertet. Die USA besaßen schon 1950

2000 startbereite Bomber mit einem Aktionsradius von über 5000 Kilometern. Selbst nach dem Stande von 1946 konnten die Amerikaner je 5 Bomben gegen die 81 größten Städte der Sowjetunion mit über 100 000 Einwohner einsetzen. Ein Verlust von 20 % der eingesetzten Bomber durch Abwehr des Feindes ist eingerechnet. Hinter diesen Superbomben steht außerdem eine Rüstungsproduktion, die im Zweiten Weltkrieg jährlich 96 000 Flugzeuge, 60 000 Tanks, 9000 Panzerwagen, fast 700 099 Lkw., 537 Kriegsschiffe, 27 000 Transportschiffe und Munition im Werte von 9 Milliarden Dollar hervorbrachte, später aber auf das Vier- bis Fünffache gesteigert wurde. Noch später sind, aus begreiflichen Gründen, keinerlei Angaben über den Stand der Rüstungen und Waffen mehr gemacht worden.

In unserer Zeit, wo sich die beiden Supermächte lauernd gegenüberstehen, erfährt niemand mehr etwas über den genauen Stand der Rüstungen — was freiwillig bekanntgegeben wird, sind nur Bruchteile dessen, was man ohne Prestigeverlust preisgeben kann, und ist meistens der anderen Seite über ihre Geheimdienste schon bekannt.

Daß auch die Sowjets das Überraschungsmoment zu gegebener Zeit handhaben werden, hat sich aus dem Beispiel der Besetzung der ČSSR im August 1968 gezeigt — über Nacht hatten sie ein Land fest besetzt, ohne ihre Streitkräfte auch nur um Weniges verstärkt zu haben.

Aber so ganz ohne Warnung, wie es der blinde Jüngling darstellt, daß der Krieg *»ausbrechen«* wird, soll es wohl diesmal nicht vor sich gehen. Der Mühlhiasl sagt nämlich für dieselbe Zeit (Satz 28): *»Das große Aufräumen geht richtig an: ein Himmelszeichen wirds verkünden.«* Nun steht der Mühlhiasl nicht allein mit der Anzeige eines Zeichens, auch der bayerische Brunnenbauer Irlmeier sagt, daß vor dem nächsten Kriege der Gekreuzigte mit den Wundmalen erscheinen soll und es alle Menschen sehen sollten.

In der Frage nach einem Dritten Weltkrieg steht uns noch eine Seherpersönlichkeit aus der Gegenwart zur Verfügung, welche durch viele eingetroffene Voraussagen bekannt wurde und die dafür ungezählte prominente Zeugen aufzählen könnte: die amerikanische Hellseherin Jeane Dixon*).

Sie sagt uns die letzte Auseinandersetzung dieses Jahrhunderts, also mit anderen Worten, den Dritten Weltkrieg in den Jahren um oder nach 1980 voraus; »ein Weltbrand, der die Menschheit aufrütteln und zu geistiger Erneuerung führen wird«.

Eine ergänzende und klare Vision dieser Seherin lautet weiter ungefähr: Am 5. Feber 1962 sei im Nahen Osten ein Kind geboren worden, zwar von einfacher bäuerlicher Herkunft, das aber die Welt von Grund aus umgestalten und schließlich alle streitenden Konfessionen und Sekten zu einem allumfassenden Glauben vereinen wird. Die Menschheit wird die große Kraft dieses Mannes im obengenannten Jahre 1980 erstmals spüren, und seine Macht wird gewaltsam zunehmen bis 1999, wo »Friede auf Erden sein wird, für alle, die guten Willens sind«.

Also reiht sich auch die Seherin der Gegenwart in die Linie unserer Voraussagen ein: es wird noch einen Dritten Weltkrieg geben, und zwar einen »Weltbrand«, und die Erneuerung der schwergeprüften Menschheit geschieht durch den Glauben. Und zwar durch den christlichen Glauben, wie das aufgeführte Zitat zeigt: »Friede denen, die guten Willens sind.« Damit endet auch diese Vorausschau am Ende des tragischen 20. Jahrhunderts mit dem Anbruch einer besseren Zeit, »des goldenen Zeitalters«.

Satz 18: *Das Volk in Böhmen wird durch diesen Krieg vernichtet und alles im Lande verschüttet werden.*

Dieser Satz bildet einen der furchtbarsten Ausblicke auf das Schicksal des tschechischen Volkes. Nur mit Widerstreben geht man daran, seine Möglichkeiten und die Zeit seiner Erfüllung zu deuten.

»Das Volk wird vernichtet werden ...« Nirgendwo gebraucht der blinde Seher diese krasse Feststellung, und wenn ihn nicht

*) Aus »A Gift of Prophecy: The Phenomenal Jeane Dixon«, erschienen 1965 im Verlag William Morrow & Co, New York.

der Zwang der inneren Gesichte dazu gezwungen hätte, dieses Geständnis vor dem Kaiser zu machen, er hätte es wohl aus nationalem Stolz niemals über die Lippen gebracht. Ob das *»Volk«* — nach der chronologischen Folge aller Ereignisse, ist nur noch das tschechische Volk in Böhmen: *»In Böhmen wird nur noch ein Volk leben«* — nun in seiner biologischen Existenz vernichtet wird, oder nur in seiner staatlichen Form, können wir aus dem knappen Satz nicht herauslesen. Doch läßt der nächste Satz darauf schließen, daß es auch um die Lebensfrage des Volkes geht, da ja *»alles im Lande verschüttet werden«* soll. Kein Trümmerhaufen wie nach dem Zweiten Weltkrieg in Deutschland, sondern eine Katastrophe weit größeren Ausmaßes.

An dieser Stelle der vorliegenden Auflage ist es notwendig, auf bestimmte Ereignisse unserer jüngsten Vergangenheit hinzuweisen — auf die Nacht vom 20. zum 21. August 1968, in der die Streitkräfte von fünf Warschauer Paktmächten in die ČSSR einfielen, um die einsichtigen und reformwilligen, auch friedenswilligen Politiker der ČSSR von ihrer geplanten Liberalisierung abzuhalten, und zwar mit Gewalt abzuhalten. Denn diese Reform hätte notwendig auch einen Ausgleich mit den Deutschen gebracht und hätte so eine neue Zeit des friedlichen Zusammenlebens der beiden Völker eingeleitet. Nichts aber kann den Sowjets so hinderlich in ihren Plänen sein, als Verständigung unter den Völkern ...

In der 1. Auflage dieses Buches hatte ich an dieser Stelle folgende Ansicht formuliert: »Daß von den Tschechen keiner übrigbleiben soll, trotz der heute noch (1953!) zur Schau getragenen ›Freundschaft‹ zum großen Brudervolk, den Sowjets, kann seine Erklärung auch darin finden, daß die Tschechen sich eines Tages gegen die sowjetische Bevormundung wehren wollten und man sie auf sowjetische Manier einfach liquidieren würde, vielleicht nach Sibirien verfrachten. Sowjetische Offiziere haben unabhängig voneinander während der unseligen Austreibung im Sudetenland mehrmals die Ansicht geäußert, daß sie, sollten sie einmal gezwungen sein, Osteuropa zu räumen, die Tschechen mit Mann und Maus mitnehmen würden.«

Diese obige Formulierung wurde mir von vielen politischen Freunden damals übelgenommen, man bezeichnete sie als Ausdruck eines Ressentiments, eines Wunschdenkens; man wollte es ganz einfach nicht für möglich halten, daß die Tschechen einmal in einen Gegensatz zum Befreier- und Brudervolk der Sowjets kommen könnten, man nannte diese Ansicht einen puren Wahnwitz. Die jüngste Geschichte hat meinen Verdacht bestätigt. Ein namhafter tschechoslowakischer Schriftsteller, welcher sich rechtzeitig nach Deutschland absetzen konnte, hat es in einem langen Bekenntnis über sein eigenes Erleben in jener Nacht und die nach seiner Ansicht folgenden Auswirkungen für die Tschechen glasklar formuliert. Im »Spiegel« vom 7. Oktober 1968 schrieb Ladislav Mnačko in seinem Artikel: »Wir haben uns selber verraten« folgende inhaltsschwere Sätze:

». . . ihre Ankunft war völlig überraschend, sie besetzten uns, noch bevor wir die nötigsten Abwehrmaßnahmen realisieren konnten; eine Abwehr war unmöglich, die Strategie unserer Verteidigung rechnete überhaupt nicht mit der Möglichkeit eines Einfalles feindlicher Truppen aus *der* Richtung, woher sie kamen . . ., sie hatten das gut vorbereitet, wahrscheinlich war dieser Überfall schon seit langem geplant, gründlich, sie dachten an alles, und wenn sie an alles dachten, was die militärische Seite betrifft, so dachten sie auch an alles andere.

Wir sind darin und wir *bleiben lange darin*, auf lange Dezennien, *vielleicht bis zum letzten Weltkrieg* mit seiner problematischen Möglichkeit der ›Befreiung‹, *Befreiung unseres Landes von allem, was lebt . . .«*

Weiter: ». . . Die Russen sind hier. Sie werden nicht mehr weggehen. Auf ihren Abzug hoffen ist sinnlos. Sie sind hier und bleiben hier. Vielleicht wird sie der nächste Krieg hinaustreiben, aber *dieser zukünfte Krieg* bedeutet das *Ende dieses Landes.* Durch ihre Anwesenheit wurde die ČSSR zu einem wichtigen strategischen Gebiet, auf das sich die Interessen und Raketen eines künftigen möglichen Feindes richten werden.(!)«

Hier sprach ein Intelligenzler eines Volkes aus seinen eigenen Erfahrungen, — wir brauchen seinen Befürchtungen im Hinblick auf die Voraussage des blinden Jünglings nichts mehr hinzuzufügen. Bemerkenswert ist vielleicht noch, daß der Verfasser obiger düsteren Prognose — Kommunist ist.

Der Mühlhiasl sagt für dieselbe Zeit einige Sätze, welche die Situation näher beleuchten. Im Satz 31 z. B. *»dann wird das Bayernland verheert und Böhmerland mit eisernen Besen ausgekehrt«*. Mühlhiasl sieht die Zukunft von seinem Lande aus und aus seiner engen Umgebung; es ist verständlich, daß er seine Augen erst nach Bayern wendet, noch auffälliger aber ist, daß er Böhmen überhaupt erwähnt, als ob dieses Land in irgendeiner erinnerungsmäßigen Beziehung zu ihm stände oder als ob das Verhängnis, das Bayern verheeren soll, von dort käme.

Der nachfolgende Satz (32) verrät uns dazu mehr: *»Über die böhmischen Berge werden die mit den roten Kappen kommen«* (in einigen Abschriften heißt es statt Kappen Jacken). Demnach werden doch die, welche Bayern verheeren sollen, über die böhmischen Berge kommen. Ist dann Böhmen schon ausgekehrt? Er sagt es aber erst nachher, nachdem Bayern schon verheert wurde. Es wäre müßig, darüber weitere Kombinationen anzustellen, im Augenblick der Erfüllung wird die Lösung so einfach sein, daß wir uns wundern werden, es nicht erraten zu haben.

Auch Irlmeier sagt, daß im Verlaufe eines neuen Krieges das ganze Gebiet östlich von Linz eine einzige Wüste sein wird. Dieses Gebiet umschließt die böhmischen Länder und deckt sich somit mit den schauerlichen Weissagungen der beiden Seher.

Wenn etwas in der gegenwärtigen politischen Lage einen Zustand schaffen könnte, welcher den Begriffen von verheert gleichkäme, so könnten es nur sowjetische Kampftruppen sein oder von ihnen bereitgestellte Hilfstruppen. Nur jene, welche bereits eine Besetzung ihres Landes durch sowjetische Truppen im Verlaufe eines Kampfes mitgemacht haben, können dann den Sinn und die Tiefe der Voraussage ganz erfassen.

Der blinde Jüngling sagte, es käme ein *»neuer Krieg«*. Mühlhiasl zeigt Zustände auf, die nie zuvor irgendeiner Epoche beschieden waren; seine Angaben über wirtschaftliche und politische und sogar menschliche Veränderungen sind so kraß, daß wir sie uns etwas näher besehen müssen.

Da sagt er z. B. unter Satz 21: »*. . . dann wird der Bruder den Bruder und die Mutter die Kinder nicht mehr kennen . . .*« oder im Satz 22: »*. . . die neuen Herren können nichts als Gesetze machen, die kein Mensch halten wird . . .*« Und im Satz 23 gibt er uns einen Vorgeschmack der Kollektivierung der Landwirtschaft durch einen »*strengen Herrn, der den Leuten vollends die Haut über die Ohren ziehen wird . . .*«, weil dann die »*Leute, die aus der Stadt aufs Land kommen, um den Bauern zu sagen, geh', laß mich ackern, von den Bauern mit dem Pflugreitel erschlagen werden . . .*« »*Groß wird das Mißtrauen und die Angst unter den Menschen sein*« und »*Die Bauern werden ihre Häuser mit hohen Zäunen umgeben und aus den Fenstern auf die Leute schießen*«.

Freilich sagt er später, von dem strengen Herrn »*er ist nicht lange am Ruder*«, aber was da inzwischen schon alles vor sich ging, das können wir aus den wenigen Sätzen ahnen, und das genügt auch. In einem aufsehenerregenden Artikel wendet sich William Bradford Huie im Reader's Digest mit deutlicher Warnung an den Kreml; er gibt uns auch folgendes zu bedenken: »Zugegeben, die Aussicht, daß russische Divisionen auf Paris (!) losstürmen, ist nicht gerade ermutigend; die amerikanische Vergeltung mit den Atomwaffen könnte das Wüten der Eindringlinge nicht verhüten . . .«

Irlmeier spricht von einem Hauptquartier, es ist aber nicht ersichtlich, welches Hauptquartier. Es ist jedoch anzunehmen, daß es sich dabei um das alliierte handelt. Wenn wir aber das sowjetische Hauptquartier in jenen Raum verlegen, den Irlmeier andeutet, also dort, wo die Kirche steht, deren Altar nicht nach Osten, sondern nach Norden zeigt, so ist das in Bayern, denn gemeint könnte nur die Kirche in Zwiesel sein, denn die beiden nichtgeosteten Kirchen haben den Altar gegen Westen. Dann wäre aber schon eine längere Besetzungszeit vorüber und das Wort des Mühlhiasl, daß Bayernland verheert und verzehrt wäre, könnte sehr richtig sein.

Wir sehen, die Bilder ergänzen sich, ohne daß wir dazu viel Phantasie verwenden müßten.

Satz 19: *Zweimal wird das Böhmerland gesiebt werden: das zweite Mal werden nur so viele Tschechen übrig bleiben, wie auf einer Hand Platz haben.*

Wieder gebraucht der Seher das Bild vom Sieben; aber die Tragik der Gesiebten ist nach Schuld und Sühne größer geworden. Sah der Seher das erste Mal die Deutschen im Sieb durcheinander geschüttelt, diesmal sind es die Tschechen selbst, welche durch irgendeine andere Macht gesiebt werden.

Diesmal sind aber die Maschen des Siebes weit größer, es soll darin nur bleiben, was auf einer Hand Platz hat: *Nichts.*

Wo kommen sie hin? Der blinde Seher sagt: *»Das Volk in Böhmen wird vernichtet werden . . .«*, der Mühlhiasl aber sagt: *»über die böhmischen Berge kommen die . . .«*

Das Schicksal, welches sie in ihrer politischen Verblendung dem zweiten Volk in Böhmen, den Deutschen, zugedacht hatten, erfüllt sich nun an ihnen. Ob es politische Ereignisse sind, welche sie dazu verleiten, über die Berge nach Deutschland zu gehen, oder ob es schon der *»neue Krieg«* ist — oder ob es die Unmöglichkeit der Vertragserfüllung ist, welche sie vertreibt — wir wissen es heute noch nicht.

Es spitzt sich alles auf das letzte große Ereignis hin zu: *»Ein neuer Krieg wird ausbrechen«* und *»Nachher gehts an — das große Aufräumen beginnt«*. Irlmeier sieht für diese Zeit drei große Heere ziehen, ein großer *»Heerwurm«* kommt über den *»Wald«*. Über den Böhmerwald? Mühlhiasl sagt doch auch, *»über die böhmischen Berge kommen die . . .«*

Satz 20: *Aber es wird nicht eher Friede in Europa, ehe nicht Prag ein Trümmerhaufen ist.*

So vorsichtig der blinde Seher in der Festlegung seiner Termine sonst ist, so sagt er uns doch in seinen Redewendungen so manches, was einen Schluß zuläßt.

». . . es wird nicht eher . . .« das ist keine Zeitbestimmung, die so rasch eintritt wie die viel deutlicheren *»Dann werden . . .«* oder *»Es kommt abermals . . .«* oder *»Solange . . .«* Diese Zeitangabe entspricht vielmehr dem zweiten Satz mit seiner weiten Sicht: *»In einer Zeit . . .«* also in einer späteren Zeit, wenn auch seine Erfüllung noch in diesem Jahrhundert geschehen muß.

Sein inneres Gesicht zeigt dem Seher Europa und wendet davon ausgehend den Blick auf den Mittelpunkt tschechischen Lebens, nach Prag — und beide Begriffe sind schicksalhaft miteinander verbunden, — ehe das eine nicht, auch das andere nicht, — aber es kommt das eine wie das andere; die Katastrophe muß erst kommen, bevor der ersehnte Friede über Europa kommt. Prag ist somit zum Mittelpunkt des Weltgeschehens geworden, Prag ist das Kriterium Europas, so wie wir es heute um uns sehen, aber nicht um Böhmen handelt es sich mehr — das wird verschüttet sein — das Schicksal Europas hängt von der Stadt ab, in welcher die beiden Antipoden des 14. Jahrhunderts stehen: der böhmische Schafhirt und der deutsche Kaiser.

Und wieder gebraucht der Seher ein Wort, das uns schon einmal in der Vergangenheit begegnet ist: der Trümmerhaufen. Die Vernichtung Prags wird so gründlich sein, daß von der stolzen Stadt nur noch ein Trümmerhaufen übrigbleibt, so wie nach dem Zweiten Weltkrieg von Deutschland nur ein Trümmerhaufen blieb. Der gleiche Ausdruck für den gleichen Zustand, das ist kennzeichnend für die Terminologie des Sehers.

Wenn der blinde Seher auch für ganz wichtige Ereignisse, wie für die beiden Weltkriege, nur je einen Satz verschwendete — für das Schicksal Prags werden vier Sätze notwendig. Es ist ein Ereignis von so überwältigender Tragweite, daß alle anderen

Ereignisse weit zurückbleiben, es ist der Wendepunkt des 20. Jahrhunderts, der Zenit der Geschichte.

Satz 21: *Abermals zur Kirschblüte wird Prag vernichtet werden.*

Aus dem Nebel der Vorstellungen von Europa und der Katastrophe von Prag treten nun deutliche Bilder — auch die Zeitbestimmung wird anders. »*Abermals*« deutet schon auf eine nur kurze Zeit hin, und dieser Satz könnte eine Ergänzung der undeutlichen Andeutungen zum Satz 20 sein, der nun nicht eine Zeit, sondern eine Bedingung stellte: »*Es wird nicht eher . . .*«

Selbst in Trance erinnert sich der blinde Seher an frühere Bilder, er verwandte für den Frühling das gleiche Bild wie für den Frühling 1945: der Kirschblüte.

Seit dem Satz 18 läßt die Katastrophe den Seher nicht mehr los: von seinem Blick auf einen »*neuen Krieg*«, durch den das Volk »*in Böhmen*« vernichtet werden soll, geht es im nächsten Satz zur Zahl der übrigbleibenden Tschechen, im weiteren Satze zu der schicksalhaften Verbundenheit Prags mit Europa, und im obigen Satz präzisiert er uns sogar die Jahreszeit. Jeder Satz hat sein eigenes Gesicht, gemäß seines inneren Gesichtes, und in jedem Satz steigert sich die Wucht der Katastrophe.

Weissagungen über eine Zerstörung Prags jedoch sind älter als die Gesichte des blinden Jünglings. Zur Zeit Wenzels I. (1230 bis 1253) schon hatte die Nonne Ludmilla eines Prager Klosters eine ähnliche Vision. Sie sah einen selbständigen polnischen und tschechischen Staat und eine in diese Selbständigkeit fallende vollständige Zerstörung Prags voraus. Auch im Jahre 1750 erschienen einem einfachen Manne namens Michael Tölk aus Braunau in Böhmen Gesichte, die er als Überfall fremder Völker nach Böhmen oder aus Böhmen aufsagte und in deren Verlaufe die Stadt Prag vernichtet werden soll. Irlmeier spricht von drei Städten, die im Verlaufe der dritten Katastrophe vernichtet werden sollen, zwei davon sollen im Wasser untergehen, die dritte aber zusammenfallen.

Dem blinden Jüngling ist die Katastrophe von Prag noch nicht deutlich genug beschrieben. Es ist als ob sich der Seher unter der Qual seiner inneren Gesichte winden und sich die einzelnen Worte abringen müßte; er macht noch eine Feststellung, die die Tragweite und Gewalt der Katastrophe mit einer Schärfe festhält, die bisher in keinem Satze erreicht wurde:

Satz 22: *Eine Sonne wird stürzen und die Erde beben . . .*

Erschüttert von der Wucht des inneren Gesichtes bricht der Seher den Satz ab; die Gewalt des Bildes schmettert ihn wohl fast zu Boden. Und gerade dieser Satz ist es, welcher des 20. Jahrhunderts bedurfte, um überhaupt eine Erklärung zu finden. Früher riet man umständlich über die Möglichkeiten, die eine solche Wirkung erzielen könnten, zugleich aber auch den anderen Sätzen gerecht würden; Naturkatastrophen wie Erdbeben, Meteorstürze und andere übernatürliche Erscheinungen wurden in Erwägung gezogen — aber das Bild blieb rätselhaft und dunkel.

Dann kam 1945 die Katastrophe von Hiroshima und Nagasaki, und mit einem Male wurde das Bild hell; der schmerzhafte Krampf des Sehers bezeichnete fast eindeutig die Verwendung der Atom- oder Wasserstoffbombe, eines Ereignisses und einer Errungenschaft, die nur das 20. Jahrhundert aufzuweisen hat.

So beschrieb ein mit dem Leben davongekommener Japaner die Katastrophe von Hiroshima: »Eine Sonne fiel vom Himmel und zerbarst . . .« Hier einige Stellen aus einem Augenzeugenbericht: »Hiroshima, von der Atombombe am 6. 8. 1945 zu Staub und Asche verbrannt, ist kein Trümmerhaufen mit Bruchsteinen, Gerüsten und Gerippen, sondern ein Raum, wüst, wie vor Beginn der Schöpfung . . .« ». . . nur die Grundmauern der Steinpaläste ragen noch über das Niveau der Straße —. Die Zerstörungsgewalt der Vulkane ist von Menschen fast übertroffen worden . . .« ». . . *er läßt künstliche Sonnen von un-*

vorstellbaren Hitzegraden zerbersten; im Bruchteil einer Sekunde verkohlen Bäume, verdunsten Menschen und verbrennt die Erde zu schwärzestem Staub ...«

Aus einem Bericht Bradleys über das Bikini-Experiment lesen wir folgendes: »Der Feuerball (!), der mehrere Morgen Sandwüste in Neu-Mexiko zu Glas zerschmelzen, der Hiroshima zu einem Symbol menschlicher Unmenschlichkeit gemacht hatte, zerbarst ...«

Irlmeier sieht im zukünftigen Krieg, daß von Flugzeugen »schwarze Kastln« abgeworfen werden, und wenn sie explodieren, dann entstände ein gelber oder grüner Staub oder Rauch, und was davon betroffen würde, ob Mensch, Tier oder Pflanze, sei vernichtet. Die Menschen würden schwarz ...

Lassen wir uns aber nicht voreilig dazu verleiten anzunehmen, daß die Zerstörung Prags durch eine dieser Waffen hervorgerufen würde; der blinde Jüngling sagt lediglich, daß Prag in dieser Katastrophe zerstört werden wird, nachdem in Böhmen schon *»alles verschüttet ist«.*

Was aber sagt der Mühlhiasl zu dieser Zeit? Nun, der einfache Waldmensch beschäftigt sich mit dieser Zeit etwas ausführlicher und wir können bei ihm manchen Satz finden, der eine Erklärung und Erhellung der dunklen Andeutungen des blinden Jünglings bringen kann.

»In einer Nacht wirds geschehen . . .«, davon geht er aus. *»Wer auf die Flucht zweierlei Brot mitnimmt und verliert eins, der soll sich nicht danach bücken, er wird es nicht mehr brauchen; und wer seinen Mantel vergessen hat, soll nicht umkehren, er wird ihn nicht mehr brauchen ...«*)*

Es ist also eine Katastrophe von so ungeheuerem Tempo, daß niemand mehr Zeit haben wird, sich rechtzeitig in Sicherheit zu bringen; jede Vorkehrung ist zwecklos.

*) Dieser Satz aus Mühlhiasls Voraussage ist uns wieder ein Beweis, wie in früheren Zeiten die Texte mit Vorliebe mit Zitaten aus den heiligen Büchern vermengt wurden, so daß sie heute schon als unentbehrlicher Teil der Voraussage erscheinen. Lesen wir doch im Neuen Testament, Matth. 24 (L 8. 21 und 22): »Wer auf dem Felde ist, der kehre nicht um, seine Kleider zu holen . . . denn es wird alsdann eine große Trübsal sein, wie sie nicht gewesen ist von Anfang der Welt . . . und wo diese Tage würden nicht verkürzt, so würde kein Mensch selig; aber um der Auserwählten willen werden die Tage verkürzt.«

Der Mühlhiasl sagt weiter dazu: *»Wer diese Zeit übersteht, muß einen eisernen Kopf haben.«* Es ist also fraglich, wer und wie viele Menschen der überraschenden Katastrophe entgehen werden, sie müßten denn das Unmögliche haben, *»einen eisernen Kopf«*.

»Die Leute werden krank, aber niemand kann ihnen helfen.« Irlmeier sagt bei der Beschreibung der Wirkung *»der schwarzen Kastln«*, daß den Menschen das Fleisch von den Knochen fallen wird, so scharf ist das Gift des gelben und grünen Staubes.

Die angedeuteten Erscheinungen (Erkrankungen) können nur auf die noch nicht vollständig erforschte Wirkung der Gammastrahlen infolge des Atomzerfalls zurückzuführen sein.

Wir zitieren hier einige Sätze aus dem Buche »Nopleace to Hide« von Davis Bradley: »Es wird schwierig werden, den Laien von den unsichtbaren Gefahren der Strahlen zu überzeugen. Aber *wenige Millionstel Gramm Radium,* die ins Knochenmark dringen, können verhängnisvoll werden . . . Tierversuche auf Bikini haben zur Bereicherung unseres Wissens über die von der Atombombe hervorgerufenen Krankheiten beigetragen, die zuerst in Hiroshima und Nagasaki auftraten; die tödlichen Fälle sind dem Grade der Strahlung direkt proportional; diejenigen, welche die ersten Stunden oder Tage überlebten, starben in einem Schockzustand wie an einer furchtbaren inneren Verbrennung. Wo der Tod erst innerhalb zweier Wochen eintrat, waren Blutungen die Ursache, oder eine aus der Zersetzung des Blutes resultierende Infektion. Wer diese kritische Periode übersteht, kann immer noch nach wenigen Wochen an Blutarmut sterben . . .« ». . . die durch die Bikini-Explosion hervorgerufene Strahlung wird einer Strahlungsenergie von Tonnen von Radium entsprechen . . . Über die Auswirkungen auf lange Sicht vermag man jetzt noch nichts zu sagen . . .«

Mittel, diesen nur aus den Nebenwirkungen und Nachwirkungen einer Atomexplosion entstammenden Gesundheitsschäden zu begegnen oder sie zu heilen, gibt es noch nicht, und es ist zweifelhaft, ob derartige Mittel jemals gefunden werden.

Es handelt sich hier nicht um organische Störungen im Menschen, die durch Diagnose feststellbar und zu bezeichnen wären und denen aus einer jahrtausendealten chirurgischen oder medizinischen Erfahrung begegnet werden könnte, sondern um Zerstörung der biologischen Substanz, für die uns noch keine Beispiele aus der Geschichte vorliegen.

Der Mühlhiasl sagt noch einiges mehr über diese Zeit: »*Wenn man jenseits der Donau noch eine Kuh findet, der soll man ein silbernes Glöcklein umhängen . . .*«

So gründlich also wird die Zerstörung eines Gebietes sein, das drei dieser Propheten übereinstimmend bezeichnen: der blinde Jüngling: »*Alles im Lande wird verschüttet werden . . .*«, Mühlhiasl: »*Jenseits der Donau . . .*« und Irlmeier nennt das Gebiet östlich von Linz, das zur Wüste werden soll. Nicht nur die Städte werden so gründlich vernichtet werden, alle menschliche Siedlung. Denn »*der Hirt wird seinen Stecken in den Boden stoßen und sagen: hier hat ein Dorf gestanden . . .*«

Da aber macht der blinde Seher eine Feststellung, die uns wieder aufhorchen läßt:

Satz 23: *Die Rache kommt übers große Wasser.*

Aus diesem Satz können wir so viele Dinge herauslesen, daß wir vor der Tiefe des Gesichtes, das dem Seher diese Worte in den Mund legte, erstaunen müssen.

Zuerst fühlen wir eine bestimmte Verbitterung aus dem Satz; es ist die Erschütterung des Sehers über das angesehene Unglück seines Volkes. Denn nicht Hilfe kommt übers große Wasser, sondern Rache. Also Vergeltung nach einer Tat. Und diese Rache kommt schicksalhaft und unabwendbar, so wie Ursache und Wirkung unerbittlich folgen. Die Rache an denen, welche Europa ins Unglück gestürzt, das tschechische Volk vernichtet und alles jenseits der Donau oder östlich von Linz zur Wüste gemacht haben.

Böhmen ist und bleibt der Mittelpunkt Europas, geographisch, und erst recht strategisch in den Plänen der Generalstäbe. So wie die Nordkoreaner durch die roten Drahtzieher in einen Krieg getrieben wurden, so können eines Tages die Tschechen als Vortrupp gegen das erstarkende Westdeutschland geschickt werden, dann käme der Tag, an dem *»die mit den roten Jacken über die böhmischen Berge kämen«* und *»Bayern verheert und verzehrt«* werden würde — *»Böhmen aber mit eisernen Besen ausgekehrt«*, nicht wie 1945, daß noch welche vom zweiten Volke übrigblieben, *»die unter einer Eiche Platz«* hätten, sondern so gründlich, daß kein Tscheche mehr übrig bleibt.

»Die Rache kommt übers große Wasser . . .« Es würde wohl heute niemand mehr einfallen zu glauben, daß sich Europa allein gegen einen möglichen Überfall der Sowjets wehren könnte. Was also von Amerika käme, wäre nur noch die Rache, welche mit den Aggressoren ein für allemal aufräumen würde.

Noch eine ganz andere Seite lesen wir aus dem Satze. Der blinde Jüngling rechnet schon im Jahre 1356 mit einer Kriegsmacht, *»welche übers große Wasser kommt«*. Amerika ist erst 150 Jahre nachher entdeckt worden. Erst die Fahrt des Kolumbus machte Amerika zum Einwanderungs- und Siedlungsziel der Europäer, alle früheren Berührungen mutiger Weltreisender blieben wirkungslos und haben zu keiner Erschließung des Kontinents durch die Weißen geführt. Niemand hätte damals aus den politischen Gegebenheiten auf die Macht solchen Ausmaßes schließen können, wie wir sie heute in den USA vor uns haben. Es ist hier eine der wunderbarsten Manifestationen menschlichen Unterbewußtseins, das in unseren Tagen seine vollkommene Erfüllung finden sollte.

Satz 24: *Wenn zum zweiten Male die Kirschen reifen, werden die Vertriebenen aus Böhmen traurig wieder zu ihren Herrn, ihren Webstühlen und Feldern zurückkehren.*

Wieder verwendet der Seher das Bild von den Kirschen, und zwar, *»wenn sie zum zweiten Male reifen«*. Damit aber ist, wie in einem früheren Falle nicht das Jahr 1946, also die zweite Kirschenfolge nach der Beendigung des Krieges gemeint, sondern irgendeine Kirschenblüte der Zukunft. Hier jedoch könnte es unter Umständen sein, daß es die Kirschenblüte des Jahres X wäre, in welchem *»das Volk in Böhmen vernichtet und alles im Lande verschüttet«* würde, also wo *»zur Kirschenblüte Prag vernichtet wird«*. Doch ist das eine Hypothese, welche nicht erhärtet werden kann. Auffallend ist nur die Redewendung, *»wenn zum zweiten Male . . .«*, so daß wir zu diesem Schlusse kommen könnten.

»Die Vertriebenen aus Böhmen« sagt der Seher deutlich, also die aus Böhmen. Die ganze Welt ist voller Vertriebener, und immer wieder geschehen neue Vertreibungen, und immer wieder strömen Hunderttausende unglückliche Menschen über irgendeine Grenze. Aber hier handelt es sich nur um die Vertriebenen aus Böhmen. Es ist auch kein Wort von der Volkszugehörigkeit gesagt, weder Deutsche, die jetzt in der Überzahl als Vertriebene aus Böhmen gelten, noch Tschechen, welche einmal aus Böhmen vertrieben werden könnten. Für die 1945—46 vertriebenen Deutschen ist nach Verlauf von 35 Jahren Exil weder ein Anreiz noch eine Möglichkeit, wieder nach Böhmen zurückzukehren. Die Generation, welche die Vertreibung als Unrecht und Verlust empfand, wird inzwischen ausgestorben sein, ihre Nachkommen werden keine Erinnerung mehr an die Heimat ihrer Eltern haben. Die Annahme also, daß mit den Vertriebenen aus Böhmen die Sudetendeutschen gemeint sind, ist seither schon zweifelhaft geworden.

Es werden — nach den heutigen Möglichkeiten einer Vorausdeutung — jene Tschechen sein, welche in den nächsten Jahren vor dem sowjetischen Druck oder vor dem Tage X noch die rettende Grenze erreichen werden, — und dann fragt es sich wieder, welche Grenze? Schon aus der heutigen Situation heraus ist es schwer vorauszusagen, wohin die Tschechen im Falle einer solchen Verschärfung ihrer Lage noch flüchten oder vertrieben werden könnten: Österreich ist durch einen Neutralitätsvertrag der UdSSR verpflichtet; die Ostblockstaaten sind zwar nicht verschlossen, aber als Exilland nicht empfehlenswert; Deutschland wird im Falle eines europäischen, sagen wir es eindeutig, des letzten Weltkonfliktes, der Schauplatz der letzten Auseinandersetzung sein. Und Amerika? Amerika ist fern, es tritt nach der Voraussage des blinden Jünglings erst nachträglich in Aktion: »Die Rache kommt übers große Wasser . . .«

Eine Dezimierung der vertriebenen Tschechen aus Böhmen inmitten eines europäischen Kriegsgebietes ist also wahrscheinlich, wahrscheinlicher aber ist, daß nicht nur diese Vertriebenen, sondern überhaupt nur noch wenige das Ende erleben würden . . .

Diese aus der heutigen Sicht düstere Zukunftsschau wird vom Satz 24 gemildert: *». . . werden die Vertriebenen aus Böhmen . . . wieder zurückkehren.«* Es werden also noch einige zurückkehren, auf ihre Felder und zu ihren Webstühlen — von Kultur wird keine Rede mehr sein — nur der nackte Existenzkampf wie vor tausend Jahren wird notwendig sein — Landwirtschaft und Webstuhl.

Es scheint dann keine Rivalität mehr zu geben, friedlich werden alle zurückkehren. Denn, wie der Mühlhiasl sagt, *». . . jenseits der Donau ist alles wüst und leer. Dort werden sich die Waldleute* (die Vertriebenen des Bayerischen Waldes oder des Böhmerwaldes?) *wieder ansiedeln, trotzdem es im Waldland auch wieder ganz schön sein wird . . .«*

Auch Irlmeier weiß dazu zu berichten, daß die *»überschüssigen«* Leute dorthin ziehen werden, wo die Wüste entstand, also östlich von Linz — und jeder könnte dann siedeln, wo er will und auch Land haben, soviel er will.

Satz 25: *Aber nur wenige werden es noch sein.*

Nach der Größe der Katastrophe verständlich.

Unverständlich aber bliebe es, wenn der tschechische Seher die deutschen Vertriebenen gemeint hätte; hat er das zweite Volk doch stets nur als etwas Nebensächliches behandelt und würde es ihm keine solche Genugtuung bereiten, wenn die Wenigen, die zurückkehren sollen — Deutsche wären.

Satz 26: *Und diese Wenigen werden einander fragen: wo hast Du gesteckt und wo Du?*

Das Wunder, den verheerenden Wirkungen und Folgen des Atomkrieges entronnen zu sein, wird jeden zur nächstliegenden Frage drängen: Wo hast Du gesteckt, daß Du verschont geblieben bist? Denn es mußte doch jeder das Unmögliche haben: *»einen eisernen Kopf«*.

Fast übereinstimmend aber sagt der Mühlhiasl: *»Wer das letzte Aufräumen übersteht, wird zu jedem fremden Menschen sagen: Bruder, wo hast Du gesteckt? Schwester, wo hast Du Dich verborgen gehalten?«*

Wir sehen hier, wenn der Mühlhiasl, was sehr naheliegend erscheint, die Weissagungen des blinden Jünglings nicht kennt, wieder eine jener verblüffend ähnlichen Manifestationen des Unterbewußtseins, wie wir schon einige Male aufgewiesen haben. Und daß schließlich die letzten Übriggebliebenen sich mit Schwester und Bruder ansprechen, ist aus dem ausschließlichen »Aufeinanderangewiesen-sein« verständlich.

Auch Irlmeier deutet an, daß nach der Katastrophe wenige Leute übrig sein werden, so daß die Krämer ihre Waren nicht mehr los werden können.

Etwas jedoch, das in den Weissagungen des blinden Jünglings fehlt, haben viele Weissagungen gemein. So sagt der Mühlhiasl: *»Es wird nur noch ein Gruß gelten: Gelobt sei Jesus Christus.«* Es wird also eine neue Zeit religiöser Einkehr sein, die nun anbricht. Der Glaube an den Herrn, an die Wiederkunft des Herrn wird durch die furchtbare Katastrophe und aus den sichtbaren Zeichen Gottes erwachsen und fortan bestehen.

Irlmeier sagt voraus, daß, wer ans Kreuz nicht glaubt, zermalmt werden wird. Paracelsus sagt uns zu dieser Zeit: *». . . aber Gott wird den Gerechten beistehen und ihnen helfen. Doch soll* *ein Fünklein der Gerechten bleiben und dasselbe wird hernachmals groß sein . . . die Feinde Christis werden sich mächtig erweisen und sie werden groß Verderben mit sich bringen, daß es sich mit uns wird ansehen lassen, als ob es würde aus sein . . . Wenn nun der Feind in seinem höchsten Glücke stehen wird, so wird Gott der Allmächtige denselben Grausamen samt seiner Clerisei ganz ausrotten . . .«*

Während der böhmische Seher bei seinen letzten Visionen wieder auf sein Land und Prag zu sprechen kommt, blicken andere über die Grenzen ihrer Länder hinweg. Da sagt der Mühlhiasl: *»Anderwärts werden die Leute ganz gehörig geräutert werden«.* Und Irlmeier sieht düster nach Osten, wo es wild zugehen wird und sich die Leute raufen werden.

Satz 27: *Die Bauern werden hinter dem Pflug mit der Peitsche knallen und sagen: hier hat Prag gestanden.*

Dieses Zeichen, daß nun alles vorüber ist, daß nun die Stätte, auf der einst das große goldene Prag gestanden hat, wieder wie einst vor Jahrtausenden zum Feld, zur Erde für Korn und Brot geworden ist, müssen wir abwarten, bevor Friede über die Menschheit kommen soll. Es scheint, daß die Störenfriede Europas nun erst endgültig vernichtet sind.

Der blinde Seher zeigt in Trance auf den Boden vor sich, auf dem er und der Kaiser und seine Ratgeber stehen, und es mag für den baufreudigen und schönheitsliebenden Kaiser ein schmerzlicher Augenblick gewesen sein, alle seine Mühe einmal in Schutt und Trümmer sinken zu wissen. Dieser Satz wird ihm wahrscheinlich am unglaubwürdigsten erschienen sein angesichts der massiven Türme, Klöster und Mauern der Stadt. In der 1660 erschienenen Druckschrift wird gesagt, daß der Kaiser die Weissagungen kurz darauf verbieten ließ. War es dieser Satz, der ihn zu dem Verbot bewog? Wehrte sich sein aufgeklärter Verstand dagegen, Gesichte ernst zu nehmen, deren Erfüllung ihm unwahrscheinlich, ja unmöglich erschienen?

Es kann wiederum nur unsere neuzeitliche Kriegstechnik imstande sein, einen solchen Zustand herbeizuführen. Dann ist also Prag auch wieder »ein Raum, wüst, wie vor Beginn der Schöpfung«. Wieviele Jahre und Jahrzehnte aber müssen über die Katastrophe schon hingezogen sein, wenn der Boden wieder für den Pflug und den schreitenden Bauern reif ist? Auch Irlmeier sagt ja, dort, wo die Katastrophe — am Orte des Hauptquartiers — sich austobt, dort wird ein Fleck sein, wo nichts mehr leben wird, kein Mensch, kein Vieh und kein Gras. *». . . hier hat Prag gestanden«* — aber die Erinnerung an Prag, an eine längst verschwundene, eine im Gedächtnis gebliebene oder aus dem Überlieferten erinnerliche Stadt wird noch lebendig sein. Und der Bauer im Zeichen des Friedens, hinter dem Pfluge wird es mit Genugtuung feststellen.

Satz 28: *Über die Welt wird ein neues Zeitalter kommen, das man das goldene nennen wird.*

Dann wäre das Ziel der Menschheit erreicht, dann wäre die große Aufgabe des Christentums, das unsere Kultur eingeleitet hat, erfüllt; das Zeitalter des Friedens, das *»goldene«* soll kommen, wenn der Mittelpunkt des tschechischen Lebens so zerstört und vernichtet ist, daß nicht nur Gras, sondern Korn darüber wächst. Es ist wie ein Fanal an alle Nachdenklichen, daß gerade Prag, als Stadt nebensächlicher Bedeutung, das Kriterium geben soll.

Aber — an der Bedeutung, welche die Sowjets der ČSSR und ihrer Hauptstadt Prag für den Bestand ihrer »sozialistischen Welt« beimessen, ist zu erkennen, daß eine solche Möglichkeit bereits wirksam ist.

Und der Mühlhiasl sagt uns klar: *»Dann ist alles Schlimme vorbei und alles Böse überstanden.«* Die Welt hat also bisher nur aus Schlimmem und Bösem bestanden und ist durch diese schwere Schule nun zur Läuterung gelangt.

Auch Irlmeier sieht nach der Katastrophe eine glückliche Zeit heraufkommen. Und Paracelsus sagt uns schon einmal: ». . . *als-dann wird allenthalben Fried und Einigkeit kommen . . .*«

»Was ich 1945 nur geahnt habe, das weiß ich heute. Es wird so kommen, wie es in den alten Weissagungen steht . . .« Mit diesen Worten beendete ein tschechischer Neu-Emigrant, dem es gelungen war, über die grüne Grenze nach Westdeutschland zu kommen, seinen Bericht (»Volksbote«, München, 17. 2. 1951).

Besucher der ČSSR, die mit Tschechen auf den blinden Jüngling zu sprechen kamen, fanden teilweise betretenes Schweigen, teilweise aber heftige Ablehnung. Viele deuten die Weissagungen mit der Austreibung der Deutschen als vollendet, alles andere sei nur revanchistisches Gerede.

Bemerkenswert bleibt, daß die Verbreitung der Weissagungen in ihrer ganzen Länge und der für die Tschechen sichtbaren Tragik »drinnen« bekannt ist und beunruhigend wirkt.

Unsere Propheten konzentrieren ihre Aussagen auf das 20. Jahrhundert, als sei das Jahr 2000 eine magische Zahl, vor deren Erreichung noch vieles rasch erledigt werden müßte. Alles, was sich an guten und schlechten Ideen im Zusammenleben der Menschen durch die verflossenen 1900 Jahre angehäuft hatte, das scheint sich in dem letzten Jahrhundert auswirken zu wollen. Umwälzungen auf allen Gebieten des menschlichen Lebens, der Wissenschaft, der Kunst, der Technik, des menschlichen Denkens in Moral, Sitte und Ethik überhaupt, verfällt einer Umwertung. Die Umwertung der Werte, von Diogenes erstmalig angedeutet, von Nietzsche mit unbarmherziger Schärfe bis zur Selbstaufgabe präzisiert — von uns bis zur Selbstvernichtung erlebt und erduldet — drängt sich in unserem Jahrhundert zusammen; ein gigantisches Schauspiel für einen, der es aus der Ferne sehen könnte, ein niederdrückendes Fatum für uns, die wir es erleben müssen.